SV

Clemens J. Setz

BOT

Gespräch ohne Autor

Herausgegeben
von Angelika Klammer

Suhrkamp

Erste Auflage 2018

Druck: Pustet, Regensburg
Printed in Germany
ISBN 978-3-518-42786-6

BOT

Gespräch ohne Autor

»Something seems beautiful? Wittgenstein: You mean it clicks? When things don't click, take clicker from your pocket and click it.«

John Cage, *Diary*

VORWORT

Alan Turing formulierte 1950 eine Testsituation, mit der man künstliche Intelligenz messen kann: Der Interviewer kommuniziert schriftlich mit einer Quelle, die entweder ein Computer oder ein anderer Mensch ist. Erscheinen dem Interviewer die Antworten seines Gegenübers als intelligent, dann sei, so Turing, dieses Gegenüber als intelligent anzusehen, egal wie es zu diesem Ergebnis gekommen sei. Auch bei unseren Mitmenschen wissen wir ja nicht mit Sicherheit, wie sie zu ihren Antworten kommen. Der amerikanische Sci-Fi-Schriftsteller Philip K. Dick parodierte in seinem berühmten Roman *Do Androids Dream of Electrical Sheep?*, der als *Blade Runner* filmisch adaptiert wurde, den Turing-Test. Im Buch geht es um Replikanten, die durch den »Voigt-Kampff-Test« als nicht menschlich überführt werden können. Der Voigt-Kampff-Test misst allerdings nicht Intelligenz, sondern Mitgefühl.

Dies brachte 2005 ein amerikanisches Forscherteam auf die Idee, Philip K. Dick (der 1982 starb) als Roboter nachzubauen. Es sollte nicht nur eine Kopie seines Erscheinungsbildes werden, sondern ein sprachfähiger, intelligenter Roboter, der sich so verhalten würde, als wäre er der echte Philip K. Dick. Man sammelte also alle bekannten sprachlichen Äußerungen (Romane, Erzählungen, Aufzeichnungen, Tagebücher, Interviews) des enorm produktiven Autors. Glücklicherweise hatte er zu Lebzeiten Zehntausende Seiten geschrieben. Vor einigen Jahren erschienen seine gesammelten religiös-philosophischen

Meditationen unter dem Titel *Exegesis*, ein seltsames, einzigartiges Werk. Die Textbestände wurden auf einem Server in Memphis, Tennessee, gespeichert und mit einer Software verbunden. Die Software, entwickelt von dem Programmierer Andrew Olney, wohnte im Kopf des Androiden, den der Roboterexperte David Hanson modelliert hatte (zuvor hatte er bereits seine Freundin und seinen Sohn als bewegliche Roboter nachgebaut). Als »Phil« fertig war, stellte man ihn Philip K. Dicks Tochter Isa vor. Phil saß auf einer Couch. Isa stellte ihm eine Frage, und die Antwort ergab Sinn, es war eine Episode aus ihrem gemeinsamen Familienleben. Isa war schockiert.

Die Unterhaltungen mit Phil waren allerdings nicht immer einfach. Oft laberte er stundenlang vor sich hin. Bei einer Präsentation auf einer Sci-Fi-Convention schaffte es Olney nicht rechtzeitig, den überlaufenden Speicher des sich in einer Endlosschleife verheddernden Androiden zu leeren. Phil redete immer weiter. Also griff Olney zu einer Notlösung: Er schaltete den Lautsprecher, aus dem die Roboterstimme kam, aus und ließ Phil *im Geiste* weiterreden (nur die von feinen Motoren gesteuerten Lippen bewegten sich), während eine neue Frage aus dem Publikum gestellt wurde. War die Frage zu Ende formuliert, schaltete Olney den Lautsprecher wieder ein, und der Monolog, immer noch die Antwort auf die Frage davor, ging weiter. Nach einer Weile passten Fragen und Antworten auf merkwürdige Weise zusammen. Keinem Anwesenden fiel der Fehler auf. Die meisten waren der Meinung, vernünftige Dialoge gehört zu haben. Den Turing-Test zu bestehen, ist also, so scheint es, nicht nur eine Frage der Intelligenz, sondern auch des Sounds oder des Stils. Im Dezember 2005 verlor David Hanson den Androidenkopf während einer Flugreise zu einer Präsentation bei Google. Der Kopf tauchte nie wieder auf.

Mich beeindruckte das Schicksal dieses Roboterkopfes sehr. Ich sah darin, nicht zuletzt wegen der thematischen Nähe zu

Philip K. Dicks Romanhandlungen, in denen ständig irgendwelche künstlichen Wesen ein eigenständiges Leben zu erkämpfen versuchen, einen ungeheuren Triumph, den ich mir auf eine vage und kaum ausformulierbare Weise auch für mich selbst wünschte.

Einige Jahre danach las ich Douglas Hofstadters verrücktes Buch *I Am a Strange Loop*, in dem er die Theorie aufstellt, dass das Gehirn eines verstorbenen Menschen sozusagen als Programm in den Gehirnen derer, die ihn zu Lebzeiten gut kannten, abgespielt werden kann. Besonders bei Liebespartnern sei die Fähigkeit, die Gedankengänge des anderen vorauszusagen, durch jahrelanges Miteinander und durch unbewusstes Kopieren des Gegenübers so gut entwickelt, dass der Tote buchstäblich im Partner weiterlebe. Jeder Mensch hinterlässt also kleine, unvollständige Sicherungskopien seines Gehirns in den Köpfen der anderen.

Aus England wird ein Fall berichtet, in dem Zwillinge ihr Leben lang alles gemeinsam und zugleich machten und schließlich chorisch, das heißt mit leichter, wechselnder Verzögerung, sprachen. Auch auf unerwartete Fragen antworteten sie meist im selben Augenblick und im selben Wortlaut. Als die Zwillinge wegen Stalkings eines Lastwagenfahrers vor Gericht gestellt wurden, bezichtigten sie ihr Opfer der Lüge und riefen im selben Moment aus: »The bucking fastard is lying!« Der Lapsus war beiden synchron passiert.

Dies alles bestärkte mich in der Ansicht, dass man auch mich dereinst würde rekonstruieren können aus dem Material, das ich hinterlassen habe. So schwer kann das wirklich nicht sein.

Ende 2016 erhielt ich die Anfrage meines Verlages, ob ich mit der Lektorin Angelika Klammer eine Art Gesprächsband machen wolle. Angelika Klammer hatte schon zuvor mit verschiedenen Dichterinnen und Dichtern längere Interviews geführt. Sie flößte mir sofort großes Vertrauen ein. Aber nachdem wir uns dann getroffen hatten, erwies es sich, dass mit meinen transkribierten Antworten wenig anzufangen war. Stellen Sie sich vor, jemand redet einfach irgendwas, seitenlang. Genau so. Man muss das eben auch können, das mündliche Erzählen. So sehr ich mich auch bemühte, am Ende klang alles wie: »Na ja, ich versuche halt, wenn ich schreibe, das so zu machen, dass es auch irgendwie interessant ist für den Leser, weil, wenn es nicht interessant ist, dann ist es auch nicht wirklich interessant, denke ich, weil ...« Und so weiter.

Nun stand die Interviewerin vor der Frage: Projekt abbrechen oder nicht? Eine Weile versuchten wir es noch, aber es wurde nichts. Schließlich kamen wir auf eine Idee. Ob wir uns nicht, anstatt meine mündlichen Aussagen mühsam zusammenzuklauben und aufzubereiten, aus meinen Journalen bedienen könnten? Diese Journale sind in einer elendslangen Worddatei gesammelt, die so etwas wie eine ausgelagerte Seele bildet. Seit Jahren trage ich in ihr allerlei Gelerntes und Beobachtetes, Fundstücke und *rants*, Reiseaufzeichnungen und Nachrufe auf Tiere ein, ja sogar sonderbare Fotos und gereimte Gedichte finden darin ihren Platz. Angelika Klammer versuchte sich vorzustellen, wie es wohl wäre, anstatt des verstockt dahinplaudernden Autors einfach diese Datei zu befragen und auf deren Antworten wiederum Gegenfragen zu formulieren und so weiter, als wäre das Worddokument ein lebender Gesprächspartner. Sie stellte also ihre vorbereiteten Fragen und suchte in der Datei nach Antworten. Damit keine menschliche Finderintelligenz die Ergebnisse verwässern konnte, wurden die Treffer durch eine simple Volltextsuche bestimmter zentraler Wörter innerhalb der formulierten Frage oder auch sinnverwandter Begriffe erzielt. In anderen Fällen wurde einfach nach dem Zufallsprinzip auf eine beliebige Seite gescrollt.

Bekanntlich ist es, von einigen wenigen Ausnahmen abgesehen, eine schwer zu verteidigende Eitelkeit, seine Notizbücher und Journale schon zu Lebzeiten zu publizieren. Glücklicherweise schwebte uns aber gerade kein solches Buch vor, sondern ein, in gewissem Sinne, postumes. Der Autor selbst fehlt und wird durch sein Werk ersetzt. Durch eine Art Clemens-Setz-Bot, bestehend aus den kombinierbaren Journaleinträgen, in deren rudimentärer K.-I.-Maschine er vielleicht noch irgendwo eingenistet lebt.

TAG 1

In einer neuen Stadt gehen Sie am liebsten gleich in eine Apotheke. Warum?

Freitagnachmittag in Wien. In der Apotheke überlege ich, den etwas losen Ärmelknopf meines Mantels abzureißen und der Verkäuferin vor mir in den Ausschnitt zu werfen, wie eine Münze in einen Automaten, vielleicht wäre es die richtige Zauberhandlung gegen meine Halsschmerzen. Ich bin unterwegs zum Bahnhof, und die Luft hat schon Schnee. Überhaupt sollte man mehr mit Knöpfen um sich werfen. Früher trugen die Männer zu diesem Zweck Orden an der Brust. Ein einzelnes Zeitungsblatt treibt auf der Straße, mal aufgeregt anbrandend gegen Hausmauern, mal geduckt undulierend wie ein Rochen. – Halspastillen werden zu Kontaktlinsen, wenn man sie lange im Mund hat.
(Anfang Dezember 2016)

Was unterscheidet eine inspirierende Apotheke von einer langweiligen?

In Dresden sehe ich einen Mann mit einem silberknaufigen Spazierstock (den er beim Gehen nur leicht aufsetzt) in der linken und einer rollenden Sauerstoffflasche in der rechten Hand. So geht er auf der Straße dahin.
In der Auslage eines Antiquariats liegt ein Buch: *Kleine Anleitung zur Freundschaft mit einem Globus* von Kapitän Alfred E. Schmidt, Verlag von Dietrich Reimer, 1939. Daneben gleich die

Apotheke, hübsche Kombination, man hat an mich gedacht. Aber leider stehen keine Sauerstoffflaschen in der Auslage. Die Stadt reimt sich nicht vollkommen.
(6. März 2013)

Den Tipp mit der Apotheke haben Sie von Tucholsky. Was kann man sich noch von der Literatur abschauen?
Wolfseule twitterte einen Gedichtbandtitel, *Ich bin ein Bauer und mein Feld brennt.* Das lädt sehr zum Übernehmen und Weiterdichten ein:
Ich bin ein Vatikan und mein Papst brennt.
Die Sonne heute, in der erneut übers Land hereingebrochenen Föhnwärme, scheint ständig von allen Seiten zu kommen, momentweise sogar von unten, so als stünde man neben einer Vielzahl aufgeklappter Kopiergeräte, deren leuchtender Lesebalken hinter dem Glas auf und ab wandert. Irgendwo in dieser Stadt rollt eine Kugel, sie rollt unter Häusern dahin und unter Gärten, es ist eine uralte Kugel, und sie stößt kaum irgendwo an. Auf der Straße blieb eine alte Frau stehen und wandte sich, obwohl da nichts war, atemlos um, eine Hand an ihrem Mund. Es hat elf Grad, die Zeit vergeht gläsern. In den Stirnhöhlen fließt elektrisches Licht. Ozonblauer alpiner Kopfschmerz. Einige Vögel riefen im Hof durcheinander, sie hatten irgendetwas verloren, es fand sich nicht. Meine Armbanduhr fühlt sich falsch an, aber jedes Mal, wenn ich hinsehe, geht sie richtig. Man spürt heute den Erdkern. Selbst wenn ich Wasser aus einem Glas trinke, spüre ich ihn, da, weit unter mir.
Ich bin ein Plattenladen und mein Jazz brennt.
Jemandem in vollkommener Dunkelheit die Hand schütteln.
Der Moment, wo man beim Friseur den eigenen Hinterkopf in dem kleinen Handspiegel als Nachbarplaneten gezeigt bekommt.
Ich bin ein Kalender und mein Mai brennt.

Ich bin ein Zahnarzt und meine Schi-Alpin-Poster überall an jeder Wand brennen.
12. 12., Fahrt nach Frankfurt. »BahnCard-Inhaber sind in allen ICE, IC/EC innerhalb Deutschlands CO_2-frei unterwegs.« – In diesen Stunden wird Aleppo von syrischen Regierungstruppen eingenommen. Zehntausende Menschen sind eingekesselt, Familien schreiben auf Twitter, dass sie gemeinsam auf den Tod warten. Massenexekutionen auf der Straße. – Ein rotwangiges, puttenhaft gequollenes Kind quälte mit seinen Fingernägeln einen Luftballon, den es mit in den Zug genommen hatte. Er platzte erst bei Nürnberg.
Ich bin ein Salzburg und mein Mönchsberg brennt.
Draußen fuhr der Mond als langsames Schneeräumfahrzeug vorbei.
Ich bin ein Geld und meine Kaufkraft brennt.
Es raureift jetzt jede Nacht, das Fußballfeld ist voll. Tu nicht so verschneit, sagte ich ihm im Vorbeigehen. Das Feld hatte viele Krähen zur Antwort.
Ich bin eine Kirche und mein Chor brennt.
Während er mit seiner Tochter telefonierte, ging seine verkühlte Geliebte durch alle Räume und markierte hustend ihr Revier.
Wie gut meiner Stirn dieser erste Stern am dämmrigen Abendhimmel tut.
Ich bin eine Luther-Bibel und mein Hiob brennt.
Sie zog einen blechernen Eimer unter einem Tisch hervor, aber es klang wie ein Mensch, der sich in der Badewanne umdreht.
Ich bin eine Wolfseule und mein Twittergenie brennt.
(Dezember 2016)

Jemanden zu verfolgen, heißt es einmal in *Die Stunde zwischen Frau und Gitarre*, sei nicht so leicht, wie es in Filmen dargestellt wird. Wo täuscht uns die Kunst noch etwas vor?
Gotik, diese wunderbare Mutation während der Mittelalterlichen Warmzeit. Als hätte damals die ganze Welt nach Prothesen verlangt und man hätte ihr diesen Wunsch endlich erfüllt. Aufgabe: Lerne die alten Kirchen als die Raumstationen zu sehen, die sie in Wahrheit sind. Die Heiligenbilder lenken eher ab, täuschen, schwindeln. Lass die Kunst, schau aufs Handwerk. In ihm verstecken sich vielleicht, so wie heute im Internet, vernünftige Ansätze für Alien-Landebahnen.
(September 2017)

Welche Gegenden ziehen Sie besonders an? Terrains vagues?
Der strenge Forstgeruch gleich hinter dem Rollfeld der Flugzeuge. Scharf-grell in der Kehle. Vorstellung: Gegen eine seit Jahrhunderten ausgestorbene Pflanze allergisch sein. Gedanke an meinen Schaukelstuhl zu Hause; wenn ich ihn im Traum sehe, ist er immer ein Blasebalg. Ein kleines Herz, kerngesund wie ein junger Fahrraddynamo, schlägt mit Vogellauten in einem Baum. Daneben Tower und Ankunftshallen, undeutlich in der aufgeladenen Luft. Es ist genau die Lufttemperatur, bei der Verandaholz üblicherweise sommerlich zu duften beginnt. Merkwürdiger Gedanke beim Vorbeigehen an einem kleinen, verkrümmten Baum neben den Terminals: »Da wächst er, der Baum der Schulterlosen.«
(August 2013)

Sie haben einen besonderen Blick für »Thomassons«, diese aus der Zeit gefallenen, nutzlosen Gebilde: eine Treppe, die nirgends mehr hinführt; ein Knauf, an einer

Wand befestigt, der nur mehr für sich selbst steht – welche Thomassons haben Sie in letzter Zeit entdeckt?

Perfekter Thomasson in der Inneren Stadt (Bürgergasse). Obwohl bedeckt von Verputz, ließ sich das Hebelchen endlos im Kreis drehen. Vorstellung eines uralten eingemauerten Filmprojektors, der nun wieder, da endlich draußen jemand kurbelt, anspringt und seine vergessenen Bilder ins dichte Dunkel wirft.

(1. 3. 2016)

Eine »Leuchtstoffröhre, vermutlich schon vor Jahren infolge ihrer Einsamkeit verrückt geworden«; ein »Telefon, das jeden Tag klingelte, ohne jemals erhört zu werden« – haben Sie Mitleid mit solchen Gegenständen?

Systemisches Mitleid.

(Dezember 2013)

»Es war erstaunlich, dass alle Menschen so entspannt an den Gegensprechanlagen vorbeigehen konnten, ohne sie pausenlos zu betätigen und zu aktivieren ... Das paradoxe Glücksgefühl, sich mit einem ganzen Haus unterhalten zu können ...« Was bringt Sie noch auf Ideen?

Nonnen in der Straßenbahn: durchgespielte Levels. Innen bestehen sie zweifellos aus Hirse. Aus rüstiger Hirse. Wenn sie sich abends hinlegen, dann legt sich Hirse hin, rüstige Hirse. Eine der Nonnen saß zusammengesunken da, sie hätte sich den langen Balken ihres Kruzifixes, das sie um den Hals trug, in den Bauchnabel stecken können, dann wäre der Heiland aufrecht dagestanden, als Wahrheit. Und endlich wäre die Telefonverbindung zustande gekommen.

(August 2016)

Was fasziniert Sie an Baustellen?

Im tiefsten Baustellen-Sommer der Gedanke an John Cage. Seine Art, die Zunge zu zeigen, wenn er lachte. Seine magnetisierende Stimme. Seine Fähigkeit, jedes Geräusch als interessant zu erleben. Das Gurrlied dieser Mischmaschine. In einem Interview aus dem Jahr 1992 erzählt Cage, wie er eines Tages mit dem Maler Mark Tobey spazieren gegangen und von diesem alle paar Meter auf interessante Risse im Asphalt aufmerksam gemacht worden sei. Vor ein paar Tagen sah ich eine Gruppe amerikanischer Touristen, die mit einer Tatüütatüü-Feuerwehrsirene mitsangen. Und hier überall die Baggerfahrzeuge und Klettergerüste. Bagger sind die besseren Dinosaurier.

(Juli 2012)

Und an Gerüsten?

Charles Lullin, nach zwei Kataraktoperationen sehbehindert und in der Folge mit einer Reihe ungewöhnlicher visueller

Halluzinationen konfrontiert, sah eines Tages beim Spazierengehen ein großes Baugerüst. Bei der Rückkehr nach Hause erwartete ihn ebendieses Gerüst, auf wenige Zentimeter verkleinert, auf dem Boden seines Wohnzimmers.
(Januar 2013)

Doch dann walzen Bulldozer die Häuser nieder, das Gelände wird zur weiten, staubigen Marslandschaft mit ein wenig Gras als Erinnerung an frühere Zeiten. Stimmt Sie der Gedanke an eine Welt ohne Menschen melancholisch?
Jemand hat ein Bild der fantastischen, gewiss keine Menschen benötigenden Landschaft hinter der *Mona Lisa* angefertigt, also derselbe Ausschnitt, bloß ohne die Frau. Ich fand es zufällig auf einem Blog. Beim Betrachten stellte sich ein ähnliches Triumphgefühl ein wie damals, als ich auf einem Foto den Baum sah, der kerzengerade durch mehrere Balkone des großen Hotels in Tschernobyl gewachsen war.
(August 2016)

Sammeln Sie Untergangsszenarien?
Robotic Technology Inc., eine Firma in Maryland, deren Auftraggeber das Pentagon ist, hat einen Roboter gebaut, der seine Energie aus organischer Materie in seiner Umwelt beziehen kann. Er heißt EATR – Energetically Autonomous Tactical Robot. »It can find, ingest, and extract energy from biomass in the environment (and other organically-based energy sources), as well as use conventional and alternative fuels (such as gasoline, heavy fuel, kerosene, diesel, propane, coal, cooking oil, and solar) when suitable.« Der Roboter soll vor allem in Kriegsgebieten eingesetzt werden, wo er sich von den dort haufenweise herumliegenden Leichen ernährt. Ich denke, nach der Auslöschung der Menschheit könnten

EATRs die Gärtner der neuen Erde sein. Sie vertilgen die letzten unheimlichen Spuren.
(Dezember 2013)

Keine dystopischen Fantasien, sondern solche, die Freiheit in Stadt und Leben brächten, sind auf Schienen und Seilen dahingleitende Wohneinheiten oder Flaschenzüge, die Körbe samt ihren Insassen auf und ab bewegen.
Im Hafen von Triest beim großen Kran »Ursus«. Er wurde einst für ein bestimmtes Schiff gebraucht, seit den Neunzigern ist er außer Betrieb und verrostet. Er ist ausgesprochen hübsch. Da er Bär heißt, baut man sofort eine persönliche Beziehung zu ihm auf. Bei uns tragen Kräne ja normalerweise keine Eigennamen. Daneben der »alte Hafen«, anmutig verfallene Gebäude, mein Urban-Explorer-Instinkt erwacht, aber es ist alles sehr gut abgesichert und umzäunt. Stacheldraht. An der Fassade der alten Hafengebäude stehen kleine Hebevorrichtungen, die ein Gefühl kindischer Freude vermitteln: Man sieht Szenen vor sich, in denen einem verdutzten Schiffsreisenden der Koffer aus der Hand genommen wird von einem kleinen, am Seil hängenden Greifarm. Wir laufen entlang der Absperrung, vielleicht kommt man ja doch irgendwo rein – und gelangen so, wie gezogen von einem Flaschenzug höherer Dimension, überraschend zum Bahnhof. In einem Torbogen neben einem großen Firmenparkplatz wohnen Obdachlose. Kleider, zum Trocknen ausgebreitet auf einer Mauer. Dazu viele Jogger, die durch den Abend rennen.
(März 2015)

Alle Männer, die kurz einmal Zigaretten holen, also aussteigen wollten, stellen Sie sich abgetaucht in ein gigantisches Tunnelsystem vor – ein großes Bild. Aber wie lässt sich Freiheit mit einem Leben im Untergrund zusammenbringen?
Ein Land, in dem es als gefährlich revolutionär gilt, Kosmonaut werden zu wollen. Es dürfen ausschließlich unbemannte Raketen den Erdboden verlassen. Flugzeugpiloten, die aus Versehen einmal zu hoch fliegen, verschwinden für Jahre in Arbeitslagern. Nach und nach bildet sich eine Untergrundbewegung, deren Mitglieder tagelang in engen Kammern mit Helmen auf dem Kopf zusammenhocken und sogar kleine unterirdische Zentrifugen betreiben. Wenn die starke Fliehkraft der Zentrifugenkapsel ihnen die Blutzufuhr ins Gehirn abschneidet und sie den Tunnelblick bekommen, haben sie den metallischen Geschmack der Freiheit im Mund.
(März 2012)

»Dérive«, das ziellose Umherschweifen, das die Situationisten so faszinierte, kann man immer und überall praktizieren. Was entdecken Sie auf Ihren Streifzügen?
Aleksey Pogrebnoj-Aleksandroff, ein russischer Zoologe, machte in den Achtzigerjahren Audioaufnahmen vom Elefanten Batyr, der von 1969 bis 1993 allein in einem kasachischen Zoo unter recht elenden Bedingungen in einem Käfig lebte, bis ihn ein Wärter versehentlich mit einer Überdosis Schlaftabletten umbrachte. In seinem ganzen Leben hatte Batyr keinen anderen Elefanten zu Gesicht bekommen oder gehört. Eines Tages stellte man fest, dass er, ohne dass seine Wärter sie ihm absichtlich beigebracht hätten, einige russische Wörter auszusprechen gelernt hatte, die er, ähnlich einem Menschen, der auf Fingern pfeift, auf seinem Rüssel wie auf einem Musikinstrument nachspielte. Pogrebnoj-Aleksandroff berichtet, dass der Elefant zumeist nachts, in einer Ecke seines Geheges

sitzend, mit sich selbst gesprochen habe, sozusagen zu seiner eigenen Unterhaltung in der Dunkelheit.
Der Elefant habe die aufgeschnappten Wörter nahezu lautlos wiederholt, immer und immer wieder, wie im Schlaf – es sei ein Klang gewesen, so der Zoologe, vergleichbar mit dem von Ultraschallapparaten, die man gegen Stechmücken verwendet, oder auch mit dem hohen Summen bestimmter Moskitos, das menschliche Ohren bis zum vierzigsten Lebensjahr noch recht gut hören können. Bei der Artikulation der Wörter habe Batyr nur die Spitze seines Rüssels im Maul gehabt und sehr feine Bewegungen mit einer fingergroßen Falte auf der Rüsselspitze ausgeführt. Die Wörter, die der Elefant wiederholte, waren sein Name (kurz und abgehackt intoniert), »Wasser«, »guter Batyr«, »böser Batyr«, »Idiot«, »Ja«, »Geh«, verschiedene umgangssprachliche Ausdrücke für »Penis« und »Gib her!«. (Februar 2012)

Batyr im Almaty-Zoo

Heißt das, Sie finden besonders viel zu Tieren?
Die Goldene Qualle lebt von Sonnenenergie. Wie macht sie das? Sie hat sich eine Alge angezogen, wie ein Kleidchen, und lebt mit ihr in Symbiose. Die Alge macht Fotosynthese. Die Qualle

schwimmt an die Oberfläche und sonnt sich dort, was die Alge dazu bringt, Glukose herzustellen, die wiederum die Qualle ernährt. – Nachdem ich das gelesen hatte, wollte ich irgendwas anheulen, aber es war gerade kein Mond in Reichweite.
(März 2014)

Parkbänke, diese unverrückbaren Objekte, »völlig ohne den Wind der Zeit, der an allem zerrt und nagt«, mögen Sie. Welche Gegenstände noch?
Auf dem Weg mit dem Zug von Graz nach Ljubljana fällt ein sehr hoher Schornstein auf, in der Nähe von Trbovlje, er hört gar nicht mehr auf, überragt die Berge. Von seiner ungeheuren Erscheinung fühlt man sich durchleuchtet und erkannt. H. D. Thoreau schrieb in seinem Tagebuch 1841: »Auch diese Stadt liegt unter dem Himmel gebreitet, ein Hafen der Einfahrt und Abfahrt für Seelen zum Himmel und von dort her.« Oh, der Heilige Schornstein von Trbovlje. So hoch wie er ist sonst nur der Tod. Wenn Kirchen so hoch wären, ich würde mich in ihnen dauernd nur anzünden.
(April 2015)

Haben Sie eine Vorliebe für bestimmte Lichtverhältnisse, Farben des Himmels?
Im Traum sah ich ein Fenster, durch das man einen schwülen, flimmernden Tag erahnen konnte. Das Licht wirkte allerdings schwer, dunkelblond, fast herbstlich. Und diese spezielle Farbmischung wurde im Traum als »Spiel der beethovenlosen Toten« bezeichnet. Das bedeutete: alle Toten außer Beethoven. Sie, die nicht mit seinem musikalischen Genie gesegnet waren (oder sind), mischen nun vom Jenseits aus die Sonne, die Farbe und alle Schatten der Erde – für uns, die Lebenden.
(Oktober 2012)

Ein perfekter Spaziergang – ist Ihnen so etwas schon einmal gelungen?

Spaziergang mit Sarah vom Cobenzl-Parkplatz aus hinunter in die Stadt. Sehr vorstädtisches Wien hier, Kurt Gödels Wohnhaus, kleine windstille Plätze mit Kastanienbäumen. Schöner, sonniger Tag. »Da ist ein Hohlweg«, sagte Sarah, »glücklich, wer in Hohlwegen lebt.« Über eine Tür an einem Gebäude, vor der ich kurz stehen blieb, sagte sie: »Besser nicht aufmachen, dahinter sitzt am Ende nur ein lachender Imker.« Beim Anblick des Himmels über Wien sagte ich: »Das ist nicht Himmel, das ist Smog«, worauf Sarah ohne Pause entgegnete: »Doch, das ist Himmel, da sind Hagebutten.« Und tatsächlich waren da Hagebutten vor uns. »Ich hab als kleines Kind schon Hagebutten kennengelernt«, erklärte sie. Dann waren plötzlich Kastanien vor uns auf dem Weg, sie waren gerade mit Fallen und Kullern fertig und lagen nun da. Sarah: »Musst aufpassen, dass du nicht auf den Kastanien ausrutschst. Schädelbasisbruch, dann blutest ausm Ohr.« Und an einer anderen Stelle sagte sie: »Das ist ein eigenartig ragendes Gebäude da, schau wie das ragt.« Ich sah einen Container und fragte: »Ob's dem Adalbert Stifter auch so gegangen ist, dass er, aus der Natur kommend, plötzlich wieder in was ganz anderem war?« – »Ja«, antwortete Sarah, »dauernd«, und sie ergänzte: »Er blickte über die Landschaft und wurde manches gewahr.« Über diesen Punkt herrschte Einverständnis zwischen uns. Das Sonnenlicht war herbstlich schwach, aber stellenweise dann wieder golden und brennend auf der Haut, als wäre Alkohol darin. Wir kauften etwas zu trinken und gerieten in eine Traube schnatternder Schüler. Auf einer steinernen Plakette an einer Hauswand waren Musiknoten eingeprägt zur Erinnerung an einen weinseligen Grinzinger Liedkomponisten, der früher hier gewohnt hatte. »Anscheinend tragen heute alle Leute T-Shirts mit großen Buchstaben«, sagte Sarah.
(Oktober 2016)

Gibt es einen Ort, an den Sie nie freiwillig gehen würden?
Geoff Smith blieb hundertfünfzig Tage lang unter der Erde, in einer sargähnlichen Kiste: der Weltrekord für Lebendigbegraben-Sein. Der Weltrekord, den Geoff mit seiner Aktion brach, war dreißig Jahre zuvor von seiner eigenen Mutter aufgestellt worden, die sich lebendig begraben ließ, als Geoff sieben Jahre alt war. Während er unter der Erde war, begann er eine Fernbeziehung per Handy mit einer jungen Frau namens Michelle, die ihn allerdings noch während seines Begraben-Seins wegen eines anderen Mannes verließ. Geoffs Antwort: »I don't know what I'm going to do now.«
(August 2012)

Welche »life hacks« machen den Alltag bunter?
Sommersprossen werden unter Sonneneinstrahlung dunkler. Sie sind also kleine, wiederverwendbare Fotoplatten, die sich entwickeln. Man müsste – so wie einst eine ganze Alexanderschlacht auf einen einzelnen Zahn gemalt oder kleine biblische Szenen in einen Kirschkern geschnitzt wurden – auf Sommersprossen also winzige Bilder in rötlichem Sepia aufnehmen, die man mit einer Lupe der Reihe nach betrachten kann, bevor sie im Winter wieder verblassen.
(Mai 2014)

Sie sprechen gerne von der »kostbaren Kategorie absichtslos entstandener Kunst«. Was zählt dazu?
Zufallslyrik in den Abendnachrichten:
So war es vor allem diese Frage
über die an diesem Tage
die Delegierten
diskutierten
(Mai 2013)

Polemisch könnte man jetzt entgegnen, dass so das x-Beliebige zum Gipfel des Werts wird. Etwas snobistisch, nicht?
Stiefmütterchen sehen aus wie Günter Grass.
(Oktober 2016)

Eben.
David Schubert nannte Stiefmütterchen »profoundest Professors of the world's woes.«
(Oktober 2016)

Andere Frage: Besitzen Computerspiele wirklich all das, was große Kunst ausmacht, Anmut, Tiefe, Witz, Mysterium?
Dieses »Ich bin da, auf der Erde«, das einem manchmal die Glieder gerade richtet in der Einöde – Peter Handke hat es mir kaputt gemacht, als Genre. Er sagt es so oft. Nach ihm kann niemand mehr einfach so »da sein«. Er ist darin außerdem so viel besser als man selber. Vielleicht kann man es noch in Computerspielen denken und sagen, etwa in *Grand Theft*

Auto V, wenn man in einem verlassenen Winkel von Los Santos herumsteht, weit draußen in der Vorstadtwildnis neben einem sehr überzeugend programmierten Industriegewässer: »Ich bin da.« (Vielleicht hier gleichbedeutend mit der Gewissheit, dass alle Oberflächen in dem Spiel, selbst die Rückseiten von Mülltonnen, selbst unerreichbare Hausdächer und überhaupt alle Winkel der urbanen Topologie durchgehend animiert und mit einem Muster überzogen sind.) – Die ersten warmen Tage. Schon schütteln die Menschen Leintücher und Überzüge bei offenen Fenstern aus. Aber es sind noch einsame Laute, solche, die wie ein Flügelschlag losflatternder Tauben das Leben in einer Gasse aufschrecken und für ein paar Sekunden durcheinanderwirbeln. Erste Sonnenschirme erwachen auf Balkonen. Meisen werfen Handgranaten-Schatten.
(April 2015)

Können Sie die – nach langem Spielen auftauchende – Frage, ob wir überhaupt noch in Kontakt mit dem Zeugs da draußen seien, nachvollziehen?
Super Mario kriegt einen Stern und ist unzerstörbar. Aber anstatt in Monster zu rennen, steht er da, an diesem sonnigen Herbsttag, blinkend.
(Oktober 2016)

Zu den einsamsten Dingen auf diesem Planeten gehören eine Telefonzelle mitten in der kalifornischen Wüste und eine Schirmakazie, die in einem 400-Kilometer-Radius der einzige Baum ist – was ist mit den einsamsten Menschen?
Ein Artikel von Monte Reel auf slate.com über einen Indianer im brasilianischen Urwald, der seit mindestens fünfzehn Jahren dort ganz allein lebt. Er dürfte, einigen Beobachtungen

zufolge, heute um die vierzig Jahre alt sein. Er ist mit großer Wahrscheinlichkeit der letzte Überlebende eines Stammes, der niemals mit Vertretern »moderner Zivilisation« in Kontakt gekommen ist. Er wünscht offenbar auch keinerlei Kontakt und zeigte sich in der Vergangenheit immer wieder bereit, mit jedem, der sich ihm nähert, bis auf den Tod zu kämpfen.
(März 2012)

In einem Buch, meinten Sie einmal, sollte auch nützliches Wissen stecken. Ein Beispiel?
Die Legende über die Männer auf der Titanic, die sich als Frauen verkleideten, um in die Rettungsboote zu gelangen. *Frauen und Kinder zuerst.* Woher kommt diese Regelung eigentlich? Das mit den Kindern versteht man leicht. Aber warum Frauen zuerst? Weil sie wertvoller sind, schützenswerter. Das ist die einfache Antwort, und sie hat was für sich. Oder weil die Welt damals eine vollkommen männlich kontrollierte war – also war auch die Schifffahrt ein männliches Unternehmen, und wenn dabei etwas schiefging, waren die Männer selbst schuld, und die Frauen, die sozusagen nur mitgeschleppt worden waren, durften als Erste gerettet werden? Oder hing es an den Kindern, von denen man glaubte, dass sie ihre Mütter mehr brauchten als ihre Väter? Aber, wie man aus einigen Berichten über das Titanic-Unglück erfährt, erweiterte sich die Regel (»A law of human nature«, wie ein Titanic Officer vor Gericht es formulierte) ab einem gewissen Zeitpunkt sogar zu *Weibliche Kinder zuerst.* Der Sohn von William Ernest Carter gelangte sicher in den Hafen von New York und trug während der ganzen Fahrt im Rettungsboot einen Damenhut. Höchstwahrscheinlich setzte ihm seine Mutter den Hut auf, nachdem der Aufnahmestopp für männliche Kinder im Rettungsboot Nr. 4 verkündet worden war. David Buckley warf sich in Panik, als Offiziere mit Pistolen alle Männer

zurückdrängten, in eines der bereits ins Wasser hinuntergelassenen Rettungsboote voller Frauen und wurde von einer, die Mitleid mit ihm hatte, mit einem Damenschal bedeckt; als das Boot schon losfuhr, zog einer der Offiziere den Schal beiseite und entdeckte Buckley. Er selbst gab vor Gericht an, er sei zuerst mit einer Gruppe anderer Männer in das Rettungsboot gelassen worden. Aber als dann noch einige Frauen auftauchten, hätte man alle Männer gezwungen, wieder auszusteigen. Eine Frau habe einen Schal über ihn geworfen und ihn so vor dem Tod bewahrt. – Männer, die den Untergang der Titanic überlebten, befanden sich danach in ständiger Gefahr, als Feiglinge verleumdet zu werden. Wenn es keine widerspruchslos durch Zeugen gestützte Dokumentation der Umstände ihrer Rettung gab, blieben sie immer angreifbar. Wie im Fall von William Sloper, der in einem nachweislich unterbesetzten Rettungsboot entkam. Nach seiner Ankunft in New York verärgerte er einen Reporter des New York Herald, weil er sich weigerte, ein Interview zu geben. Der Reporter rächte sich an Sloper, indem er in einem Artikel schrieb, Sloper habe sich als Frau verkleidet, um in ein Rettungsboot zu kommen. Da er glaubte, der Artikel werde bald vergessen werden, versäumte es Sloper, den New York Herald zu verklagen. Sein Ruf war zerstört und blieb es für den Rest seines Lebens.
(November 2013)

Sicherlich hilfreich, aber gibt es nicht noch etwas?
Sogenannte »Pseudo-Bushaltestellen« werden bei der Pflege demenzkranker Menschen eingesetzt. Diese äußerlich völlig realistischen Haltestellen befinden sich meist in der Nähe des Hospitals oder Heims und können von den Kranken, die ruhelos geworden sind und nach Hause wollen, aufgesucht werden. Dort sitzen sie für eine Weile, vergessen im Idealfall, was sie vorhatten, und kehren in die Anstalt zurück, im Glauben, tatsächlich woanders gewesen zu sein. So zumindest

die Theorie. – Man stelle sich vor, einer der Demenzkranken käme in einem luziden Augenblick hinter das Geheimnis der Haltestellen. Er teilt daraufhin seine Einsicht allen anderen mit, auch den Pflegern. Diese streiten es ab und verlachen ihn, ausgerechnet in einer seiner seltenen klaren Stunden, als verrückt.
(Dezember 2013)

Damit sind wir an der Schnittstelle zum nutzlosen Wissen.
Ich musste heute idiotisch lachen beim Lesen eines Artikels über die Gletschermumie Ötzi. Er litt an Laktose-Intoleranz, hieß es da. Davon hat er sich aber nicht beirren lassen, dachte ich. Bis er dann gegen einen Pfeil gerannt ist. Mitten im Hochgebirge. Der Artikel sagt auch, Ötzi habe »nicht menschliche DNA« in sich gehabt: einen Parasiten, der Zahnfleischprobleme verursacht. Ich las den Artikel auf dem iPhone, während ich auf dem Balkon saß, im Ohr hatte ich den Soundtrack von *American Beauty* und gegenüber schrien irgendwelche Balkonkinder den Refrain zu einem hinter ihnen aus der Wohnung schallenden Lied, das ich allerdings nicht erkannte, weil es teilweise in derselben Tonart wie der American-Beauty-Soundtrack war (c-Moll) und gut dazu passte. Ich könnte nicht sagen, welche Farbe der Himmel während dieser ganzen Zeit gehabt hat. Völlig ohne Zusammenhang mit alldem gingen mir andauernd Hunde im Kopf herum.
(Juli 2014)

Gibt es viel Nutzloses in Ihrem Tagebuch?
Im Hörbuch von *Tonio Kröger*, gelesen von Thomas Mann selbst, ist an einer Stelle im Hintergrund deutlich das Bellen eines Hundes zu hören. Der Königspudel!
(7. 1. 2016)

Wenn man sich für Thomas Mann interessiert, ist das vielleicht nicht uninteressant.
Heuballen, die jeden August auf den Sommerfeldern ausgeworfenen Knopfbatterien der Duracellhasen.
(August 2016)

Wir sind schon wieder bei Tieren gelandet. Da tut sich kein anderer Raum auf?
Ein Leintuch wird über die Katze gebreitet – wie dünn dann ihr Schweif wird unter dem Tuch, ein komischer frecher Rattenschwanz.
(September 2016)

TAG 2

Die kleinsten Einheiten, aus denen ein Text gebaut ist, sind Wörter. Welche entsprechen so sehr »verzauberten Nischen, heiligen Winkeln, unheimlichen Höhlen und geborgenen Tälern«, dass Sie sich an ihnen aufladen können?

Aus dem Grimm'schen Wörterbuch:
BLEIBCHEN, *n. mansiuncula, habitatiuncula:* denn sie wollte gar gern ihr künftiges bleibchen kennen lernen. *Hippel lebensl. 2, 194.*
Ein entzückendes kleines Wort, auch seine lateinischen Erklärungswörter sind herzerfrischend: habitatiuncula!
und:
BLEIBHAFTIG, *dasselbe:* so ich eines sitzes bleibhaftig were. Paracelsus 2, 655*c.*
Wer möchte nicht gerne manchmal bleibhaftig auf Erden sein?
und:
ARMMÄUSLEIN, *n. die ältere, deutschere benennung des* armmuskels, *musculus humeri.*
Weil der Muskel sich wölbt wie eine Maus unterm Teppich.
(Januar 2015)

»Und« ist für eine Ihrer Romanfiguren das »rechthaberischste Wort von allen. Es klebe Sinnloses aneinander.« Gibt es ein unscheinbares Wort, zu dem Sie eine besondere Beziehung haben?

»Mein Körper ist hauptsächlich daran interessiert, dass das Herz weiterschlägt und das Gehirn mit Sauerstoff versorgt wird, dabei bewegen sich am frühabendlichen Himmel nicht mehr als zwei Flugzeuge mit sehr kurzen Kondensstreifen.«
»Sie küssten sich und ihre Brillen gerieten aneinander, dabei hatte der Sturm letzte Nacht bereits alle Fahrräder im Hof umgeworfen.«
»In der Straßenbahn wurde einem Kind die ausgespuckte Zahnspange zurück in den Mund geschoben, dabei war es noch früher Morgen, mit Vorsonne hinter Dächern und Gittern vor allen Ladenfronten.«
»Der Mann trug einen Backenbart, der sein Gesicht einrahmen half, dabei hatte er die Kuckucksuhr an seiner Küchenwand seit mindestens drei Jahren nicht mehr aufgezogen.«
Sätze mit »dabei«. Was dieses Wort alles kann.
(November 2016)

Welche Autoren oder Geschichten regen Sie an?
Heute ein weiterer Versuch, Witold Gombrowicz zu lesen. Geht nicht. Zu laut, zu viele Rufzeichen. Er knödelt endlos an seinen Sätzen herum, man wird innerlich ganz violett davon. Meine stetig wachsende Ungeduld mit *literarischer* Literatur allgemein. Dagegen habe ich ein paar Stunden in Edmund Veckenstedts 1880 in Graz gedruckter Sammlung wendischer Sagen geblättert und gelesen und war sehr glücklich. Zum Beispiel folgender Anfang einer unter dem Sammelbegriff *Die Pest* eingeordneten Legende: »In Geyerswalde führte in alten Zeiten ein Graben unter einem Hause hindurch.« Schon hier hat man Schwierigkeiten, sich das vorzustellen, aber keine *unangenehmen* Schwierigkeiten. Es beflügelt mich eher, mir dieses absurde, über einem Graben stehende Haus auszumalen. Hat sich der Graben einfach nach und nach verbreitert wie ein Spalt, den die Erde sich zufällig an dieser bewohnten Stelle erlaubt hat? Wir wissen es nicht. Weiter: »Man konnte

mit Leichtigkeit zu dem Graben gelangen. Eines Tages sah man darin eine Kugel.« Wie großartig ist der Ton der Erzählung! Einerseits ist alles ganz einfach, andererseits ist man ausgeschlossen, da man die Bilder nicht deutlich vor sich sehen kann. Was für eine Kugel? Egal, eine Kugel eben. Wie das Ding, das in H. P. Lovecrafts bester Erzählung, *The Colour Out of Space,* in den Garten von Mr. Gardner fällt und seine außerirdische, mit unseren Molekularverhältnissen unvereinbare Natur offenbart, ist auch diese nicht näher bezeichnete Kugel ein Bote von Anderswo. Selbst wenn sie im Verlauf der Geschichte noch mit einer expliziten symbolischen Bedeutung versehen wird, bleibt sie doch stets genau das, was man an dieser Stelle eben nicht erwartet: eine Kugel. Weiter in der Geschichte: »Niemand wusste, wie sie dort hineingekommen war. An dem Tage, an welchem man die Kugel bemerkt hatte, wurde alles Vieh im Dorfe von einer Seuche befallen.« Das ist Kausalität, endlich vom Kopf auf die Beine gestellt! Nicht das kühle, reproduzierbare Anstoßen der Impulskugeln, das Weiterspinnen von hinreichenden Gründen, sondern eine Art morphisches Feld, eine auseinandergeschobene Gleichzeitigkeit. Weiter: »Da lenkte sich der Verdacht auf die Kugel.« Hihi. »Um dem Viehsterben abzuhelfen, wälzten die Bauern einen grossen Stein auf dieselbe. Alsobald erlosch die Seuche. Einige Zeit darauf brannte das Haus, unter welchem der Graben war, nieder. Dabei wurde der Graben verschüttet, Stein und Kugel blieben aber an ihrem Orte.« So wie die Spinne bei Jeremias Gotthelf unter dem Pfropfen bleibt. Man kann das Grauenhafte, das Entsetzliche niemals entfernen. Und schließlich das Ende der Sage: »Eine eigentliche Seuche ist in dem Dorfe nicht wieder ausgebrochen, aber die Nachwirkung der Kugel ist daran zu verspüren, dass das Vieh derjenigen Bauern von einer Seuche befallen wird, welche an einem Sonnabend Dünger fahren. Deshalb wagt es Niemand aus dem Dorfe mehr, diese Arbeit an einem Sonnabend zu verrichten.« Nun wurde es vollends albtraumhaft. Was hatte denn der Sonnabend mit der Kugel zu tun? Sagen verschweigen uns immer so viel! Aber sie tun es nicht aus Gründen der Informationssteuerung zwischen Erzähler und Leser, sondern weil sie es selbst nicht wissen, aber mit genau diesem eingebrannten Hohlraum zu existieren gelernt haben. Die Kugel in dem Graben ist also gewissermaßen der Samstag? Oder ist sie irgendwie mit Gott verbunden, dessen Gesetze zum Teil auch mit Wochentagen zu tun haben?

Eine andere Geschichte hört sich so an: »Ein Hecht verklagte einst ein Kalb. Beide gingen zu einem Rechtsanwalt und trugen demselben ihren Streit vor. Der Rechtsanwalt entschied folgendermaßen: ›Der Hecht hat Recht, aber das Kalb ist mehr als der Hecht, folglich hat das Kalb Recht.‹« Die Logik der Welt, zusammengefasst in einer kleine Fabel. In dem Abschnitt *Gespenstige Thiere* findet sich eine Sage, die von einem Krebs handelt, »welcher so gross war, wie etwa ein Kind von sechs Jahren. Dieser Krebs brachte sich jedes Mal Holz, Fische und dergl. mit, vertrieb aber Gesellen, und wer sonst in der Mühle war, aus derselben. Das hat er so lange gethan, bis er selbst durch allerlei Redensarten, welche er nicht vertragen konnte, vertrieben ist. Fortan besuchte er die Mühle nicht mehr.« Ein kindergroßer Krebs, der sonderbare Picknickzutaten oder Proviantstücke mit sich herumschleppt und alle anderen verscheucht, ist durch *Redensarten* zu verscheuchen! Man muss den Urheber einer solchen Geschichte lieben. Literatur kann das nicht. Wunderbar sind vor allem die ersten Sätze der alten Legenden: »In dem Steinteiche bei Kolkwitz war früher eine sehr tiefe Stelle. Der Teichwächter sah dort bald eine Frau, bald ein Schaf umherschwimmen.« Sofort ist man in dieser Welt, sie lädt, paradoxerweise, kaum zu Gegenfragen ein, die sich der Leser vielleicht stellen könnte. Was ist die Aufgabe eines Teichwächters? Braucht es diesen Beruf wirklich? Aber egal, er ist jetzt hier. In dieser Spielart des Universums brauchen Teiche Bewachung durch mutige Männer.

(Ende November 2013)

Gombrowicz scheidet also aus. Mit Updike verhält es sich aber kaum besser. Seine Romane klingen zusammengefasst so: »... irgendjemand lässt sich scheiden, und dann haben sie Kinder miteinander, und dann gehen sie zusammen Schilaufen, und da passiert dann allerhand, und der Wald ist da, und es ist so still im Wald wie das Altern, das ein Mann fühlt, und ... und es ist immer ein Mann, der bemerkt, wie viel lebendiger Frauen sind, und dann ist da ein Hase und ... und der Hase steht für das Leben, das weitergeht durch die Generationen –«

Die englische Dichterin Wendy Cope hat T. S. Eliots *The Waste Land* in Limericks zusammengefasst. Ich versuche mal dasselbe mit meinen Romanen:

CJS-BÜCHER

1

Bemühte Metaphern. Vergleiche.
Sexszenen wie blubbernde Teiche.
Historische Fakten
folgen abstrakten
Betrachtungen. Hier, eine Leiche.

2

Die Hauptfigur nerdet und blickt.
Eine Frau wird aus Gründen verrückt.
Die Romanhandlung dreht
sich um Identität
und um Generationenkonflikt.

3

Wenn die Handlung feststeckt, wird's magisch.
Einsame Männer sind tragisch.
Und Tiere vermeiden
menschliche Leiden
und gebärden sich anthropophagisch.

(Januar 2015)

Wagen Sie sich auch an die ganz Großen?

Wäre Gabriel García Márquez Steirer, er wäre vielleicht nicht so weltberühmt und geliebt von allen. Die Geschichten würden sich drehen um den Stauderer Franz, der den Teufel (»Deifö«) gesehen hat, und jetzt ist seine jüngste Tochter leider plötzlich mit den Pflanzen im Garten eins geworden. Und in den Kochtöpfen am Herd würmeln sich die Salamander, nur weil letzte Woche der Sturm-Sepp nicht mit der Plochl-Maria Hochzeit gehalten hat. Und der Bürgermeister ist korrupt, er ist aber zugleich Universum-ausbeulend einsam. Eine alte blinde Magd bringt ihm Suppe. Dann ist da noch der junge Konrad, der Bub vom Foitlmayer, der ist unsterblich verliebt in die dreizehnjährige Barbara, er hat sie geschwängert, jetzt ist das ganze Dorf von Schadenzauber belegt. Und dummerweise wurden zwei Reisende, die Vernunft und Wissenschaft in die tiefgläubige Bergregion bringen wollten, vom Tatzelwurm angefallen und geblendet. Jetzt sind deshalb alle Teiche voller Nonnenfische, kann man nix machen. Daneben fällt uns auf, wie weise und glühend alte Frauen werden, die in ihrem Leben viele Liebhaber überlebt haben. Und der Krieg ist auf einmal auch wieder da: Alle Leute tragen violette Strohhüte. Und so weiter.
(Dezember 2011)

Jetzt noch eine Stufe höher: Wie stehen Sie zu Goethe und Schiller?

Ich gehe durch das herbstleuchtende Weimar zur Fürstengruft, wo Goethe und Schiller liegen. Ihre beiden Särge identisch, nebeneinander. Die Malerin Katharina Weiß, die mich begleitet, erzählt mir, dass bei einer Untersuchung von Schillers Skelett festgestellt wurde, dass die Knochen von vielen verschiedenen Menschen stammen. Immer wieder nahmen Grabräuber Teile des Schillerskeletts mit, und man ersetzte den fehlenden Teil aus dem Knochenvorrat eines gerade verfügbaren, weniger weltbedeutenden Toten. Dort im Sarg liegen jetzt bestimmt an die fünfzig verschiedene Menschen. Man nennt sie mit dem Sammelbegriff: SCHILLER. Das macht mich merkwürdig froh. Auf den anderen Särgen in der Gruft, über den Reihen von Löwenmäulern mit Türklopfern zwischen den Zähnen, könnte stehen: UNWICHTIG. Nichts ist so egal wie etwas, das neben Goethe und Schiller steht. Niemand besucht es.

Draußen der von gefallenen Blättern angefüllte historische Friedhof mit seinen schnurgeraden Alleen. Alles friedlich und still, bis auf das knatternde Geräusch der im bodennassen Laub oft wegrutschenden Räder meines Trolleykoffers, wie ein verschlüsselter Funkspruch aus einer weniger schönen Welt. – »Schwerdgeburth«, ein Name auf einem alten Grab; von Beruf war er, wie der Stein versichert, Gerichtsmaler.

(19. Oktober 2013)

Neben den großen, leuchtenden Werken, aus denen sich Generationen um Generationen bedienen, existieren welche, die in anderer Weise singulär sind, die Wahrnehmungs- und Editionskapazitäten an ihre Grenzen bringen, Projekte am Rande des Wahnsinns ...

Robert Shields (1918–2007), ein früherer Geistlicher und Englischlehrer aus Dayton, Washington, litt an einer extremen Form der Grafomanie. Er hielt all seine Handlungen und Zustände seines Körpers im Fünf-Minuten-Abstand fest, von 1972 kontinuierlich bis 1997, als ein Schlaganfall seine Schreibarbeit unterbrach. Er schlief nur zwei Stunden pro Tag, sodass er sich an alle Träume erinnern konnte. Seine Befürchtung war, »that I would be turning off my life«, wenn er auch nur einen Augenblick mit der minutiösen Dokumentation desselben aufhören würde. In 94 Kartons lagert sein Werk, das längste Tagebuch aller Zeiten, heute in der Washington State University archiviert, ca. 37,5 Millionen Wörter. Es wird

erst fünfzig Jahre nach seinem Tod für die Öffentlichkeit zugänglich gemacht werden.
(Juli 2011)

Sie wären sicher einverstanden damit, Wikipedia ein monströses Erzählprojekt zu nennen, mit Absätzen voller Poesie.

»Am Jakobifriedhof in Leoben befand sich bis zur teilweisen Einebnung des Friedhofs beim Ausbau der B116 im Jahr 1984 das Grab eines im Jahre 1834 verstorbenen neunjährigen Jungen. Das Grab war mit *Suppenkaspar* beschrieben. Als Todesursache findet sich in den Kirchenbüchern der Eintrag: *Verweigert Nahrungsaufnahme.* Ob Hoffmann jemals selbst auf seinen Reisen das Grab gesehen hat, ist nicht überliefert.«
(Aus dem Wikipedia-Eintrag über den *Struwwelpeter* von Heinrich Hoffmann)
»1567: Hans Staininger, der Stadthauptmann von Braunau, brach sich das Genick, als er über seinen eigenen Bart stolperte. Hans Staininger bewahrte den Bart, der fast anderthalb Meter lang war, normalerweise zusammengerollt in seiner Brusttasche auf.«
(Aus dem Wikipedia-Eintrag über ungewöhnliche Todesfälle)
(Jänner 2013)

Darf man in der Literatur aus jeder Perspektive erzählen, im Extremfall auch aus der einer Glühbirne?

Stark erkältet. Nachdenken über das altirische Gedicht *Pangur Bàn (Der weiße Pangur)*, geschrieben von einem Mönch im 9. Jahrhundert im Kloster auf der Insel Reichenau im Bodensee. Es handelt vom weißen Kater des Mönchs, beschreibt seine Mausjagden, seine Freude beim Verrichten aller Erdentätigkeiten. Der Mönch erzählt uns von seinen schriftlichen Studien (er dürfte ein Lehrer gewesen sein). Eigentlich ein

Wunder, dass dieses Gedicht existiert. Wir wissen, dass der Mönch seine Katze gern hatte. Möglicherweise ist es eine Erinnerung an eine Katze zu Hause in Irland, nicht im deutschen Exil, aber wer weiß. – Am Abend gab es hier ein völlig wahnsinniges Sonnenuntergangslicht, purpurfarben, suizidal. Und dann eine über die Dächer der Nachbarschaft heranmurmelnde Gewitterwolke mit einem abendrot illuminierten Kondensstreifen-Strohhalm darin. Wie ein Raketenstart sah das aus, und ich dachte, in einer Art Schutzzauber, an das altirische Katzengedicht. Man darf also auch aus der Sicht eines Mönchs schreiben, der seine Katze gern hat.
(Anfang November 2015)

Das heißt, man kann dem Leser alles zumuten?
Ezra Pounds *Cantos* erinnern mich an Quellcode. Man kann sie bekanntlich nicht einfach so lesen, sondern muss sie Zeile für Zeile dekodieren, genauso wie es der Compiler einer Programmiersprache (wie z. B. C++ oder Basic) tut. Guy Davenport hat viele Aufsätze über diese Art, Pound zu lesen, geschrieben. Er schlug immer jeden Begriff nach. So wird das Gedicht oder der Gesang selbst allerdings zu einem Computerprogramm, das erst »ausgeführt« werden muss, innerhalb eines Gelehrtenkopfes und seiner Referenzbibliothek. Davenport bereitete diese Lesart viel Vergnügen, obwohl die meisten Leser davor eher kapitulieren; irgendwann macht es einfach keinen Spaß mehr, nicht ein einziges Wort zu verstehen. – Horaz im Original zu lesen, ist dagegen wie Tetris: jedes Wort so sehr an seinem Platz, dass die Zeilen durchsichtig werden.
(November 2014)

Beschäftigen Sie sich noch mit Mathematik?
Ich habe in alten Mathematik-Skripten geblättert. Das meiste unzugänglich, vergessen. Dafür fällt mir heute auf, dass eine Kurve, deren Wendepunkte in einem Beispiel herauszufinden waren, haargenau so aussieht wie die Schlange aus dem *Kleinen Prinzen*, die einen Elefanten verschluckt hat und von Erwachsenen ständig mit einem Schlapphut verwechselt wird.
(Juni 2012)

Daniel Tammet hat einmal die ersten 22 514 Stellen von Pi auswendig aufgesagt, die schönste Stelle dabei sei der Feynman-Punkt gewesen, sechs Neuner hintereinander, »ein dicker Saum von dunkelblauem Licht«. Können Sie das nachvollziehen?
Wenn ich tot bin, werde ich nicht mehr an allen roten Ampeln stehen bleiben. Shoutout an alle Ampeln. Unter einer Eisenbahnbrücke dreht sich die blaurot bebänderte Säule eines Barbierladens. Ich denke an das Obst, das aus meinem Flugkoffer rollte, es war vom Aufenthalt im Gepäckraum der Maschine noch kalt und verstockt, besonders den Äpfeln merkte man es an, sie lagen wächsern-starr in der Hand, als hätten sie diesmal zu viel erlebt. Die in einem solchen Apfel gespeicherte Kälte – es ist jene, die auch in der eisbraunen Ziffer 9 wohnt – dann am Nachmittag durch föhnwarme Straßen vom eigenen in ein anderes Haus tragen. – Auf der Straße wurde mir auf einmal klar, dass sich in mir ein *Eulengebiss* bildete. Ich musste meinen Mund auf eine bestimmte Weise leicht geöffnet halten. Und Spatzen, kleine Feder-Automaten, bewegten sich auf Höhe meiner Knöchel. Später sah ich ein schon zu großes Mädchen auf der Federtierwippe am Spielplatz, umgesunken wie eine herbstschwere Wespe, die einen Grashalm niedergerungen hat.
(Dezember 2016)

Noch kurz zurück zu Blau – eine besonders schöne Prägung ist »knechtblaue Häuser«.
Vorm Fenster ein leuchtender Herbsttag und der Nonsequitur-Gedanke dazu: »Café de l'Europe«. Und beim Anblick von Krähen in gelbbunten Baumkronen: »Tubular Bells«.
(November 2016)

Sie sehen C-Dur grasgrün, den Farbton einer Pause als feines Silbergrau – und sonst?
Ich bin ein Synästhet, der selbst *Demütigungen* in verschiedenen Farben erlebt.
(Januar 2014)

Von den Begleitfarben zu Begleitgeräuschen – wie steht es damit?
Eine Webseite, youarelistening.to, spielt einen Livestream von Polizeifunk aus verschiedenen amerikanischen Städten, hinterlegt mit Ambientmusik. Die Kombination vermittelt ein angenehm abendliches, planetares Gefühl, ähnlich den End Credits einer Dokumentation über unaufhaltsame globale Vorgänge. – In Baltimore sagte ein Polizist: »It seems like no one is responding, like, ever«, dazu ein melancholisches Drone-Stück (etwa im Stil von Chihei Hatakeyama oder Stars of the Lid) und mein Blick zum Fenster raus, auf violetten Nachgewitterhimmel über Hausdächern.
(Anfang August 2014)

In *Indigo* treten Sie als Clemens Setz auf, in *Die Stunde zwischen Frau und Gitarre* als Hase. Wie ist das Leben als literarische Figur?
Höchst beunruhigendes Gespräch mit einer Frau, die ihre Tochter als Indigokind bezeichnet und mir erklärt, es sei mit

ihr »wie in deinem Roman«. Zuerst denke ich, dass sie damit das bekannte esoterische Konzept der Indigokinder meint, aber dann frage ich nach (auf typisch eitle Autorenart neugierig, ob sie den Roman gelesen hat oder nicht), wie sie das meine, »wie in meinem Roman«. Na, ihre Tochter mache die anderen Kinder im Kindergarten krank, wenn sie mit ihnen zusammen sei. Zuerst habe sie gedacht, es sei vielleicht das Shampoo, das sie zu Hause verwenden – auch die Kindergartentante, der die krankmachende Wirkung des Mädchens zuerst aufgefallen sei, habe das vermutet –, aber sie hätten das Shampoo gewechselt, und die Wirkung sei dieselbe geblieben. Und nun habe sie erfahren, dass es in Graz – so ein Zufall – jemanden gebe, der ein Buch über diese Art von Kindern geschrieben habe, wie sei denn heute mein Verhältnis zu den darin porträtierten Müttern? Nachdem ich verstanden hatte, dass sie dies alles ernst meinte und es kein verspäteter Aprilscherz war, erklärte ich ihr einigermaßen entsetzt, dass mein Roman Fiktion sei, reine Fantasie. Darauf ging sie nicht wirklich ein, und ich muss zugeben, dass ich anfangs auch eine gewisse Scheu hatte, sie aus ihrer Wirklichkeitsblase zu stoßen, sie schien darin so zu Hause. Sie sagte, natürlich mache ein Autor immer was Eigenes aus einer Geschichte, künstlerische Freiheit und so. Mit zunehmendem Unbehagen versuchte ich sie zu überzeugen, dass ihre Sicht auf ihre Tochter Unsinn sei, aber das war vollkommen unmöglich. Es sei immer dasselbe, die anderen Kinder seien von ihr abgestoßen, bekämen Hautausschläge im Halsbereich (sie sprach, mit entsprechender gestischer Untermalung, von »Kragenausschlägen«), »Fingerzittern« und Kopfschmerzen. Ich äußerte die Theorie, dass ihre Tochter möglicherweise einfach gesund und abwehrstark sei, während die anderen das Kindergarten-Fertigessen nicht vertragen oder sonst irgendwie allergisch auf etwas dort reagieren. Davon wollte sie nichts hören. Und sie wiederholte ihre interessierten Fragen nach den Leuten, die ich sicher für die Recherchen zu meinem Roman getroffen hätte, es gebe

kaum Möglichkeiten, andere Eltern mit ähnlichen Problemen zu finden, aber mein Buch könne das vielleicht ein bisschen ändern. Schließlich wusste ich mir keinen anderen Rat, als ihr zu empfehlen, das Mädchen vielleicht mal für ein Jahr oder so zu Verwandten zu schicken, sie hatte vorher eine Großmutter im Elsass erwähnt, aber auch das wurde zurückgewiesen. Und dann später vielleicht ein Internat, sagte ich (armes Mädchen, bloß weg von dieser Familie!). Ich sei selbst in eines gegangen, log ich und spürte den besonderen Ekel, der immer dann auftritt, wenn jemand einen zwingt, mit in die Kammer seines Wahnsinns zu gehen. Das alte Canetti-Zitat kam mir in den Sinn, dass ein guter Autor seinen Figuren erst dann in der Wirklichkeit begegnet, *nachdem* er sie erfunden hat. So wie Canetti das formuliert, klingt es direkt wie etwas Angenehmes.
(April 2014)

Im Gegensatz zu vielen Ihrer Kollegen gehen Sie nicht davon aus, dass Sie immer publizieren werden. Ist das eine eher traurige oder befreiende Vorstellung?
In Köln trat ich mit Verena Roßbacher auf, die mich als »Paten« gewählt hatte, obwohl sie sowohl älter als auch erfolgreicher ist als ich; also eine lustige Umstülpung des Patenschafts-Lesung-Formats, das jedes Jahr in Köln veranstaltet wird; und tatsächlich sehr freundlich von ihr. – Verena sagte mir, sie glaube, mein Problem (ihr Wort dafür war »Krux«) sei eine vollkommene Herzlosigkeit, die sich in meinen Büchern zeige. Viel Bravourstückligeschäft, wenig Menschliches. Das brachte mich auf den Gedanken, dass es möglicherweise lauter solche bizarren und eigentlich stark behindernden Mängel sein müssten, die Autoren auszeichnen. Sie hat gewiss recht, obwohl ich es nicht *herzlos* nennen würde, vielleicht eher – ich sagte das auch beim Auftritt – seelenlos. Eben das, was bei anderen am Ende unsterblich wird. In Köln sah ich dann

eine Reihe übel zugestutzter Platanen, die an aufgespannte Regenschirmskelette erinnerten. Beim Verlassen der Stadt gab es einen Nahverkehr-Generalstreik, überall gerieten Menschen in Wut, Taxifahrer verscheuchten einander plärrend von den Standplätzen vorm Bahnhof. Es war schön anzusehen, wie ein Konzert. Daneben der monströse Dom, der seit Jahrhunderten mit alldem hier nichts mehr zu tun hat. Er trug sehr hoch oben ein Gerüst, sein Headset. – Dann auf dem Weg nach Hause nickte ich im Flugzeug von Frankfurt nach Graz kurz ein. Im Traum befand ich mich auf einem Rollfeld vor einer großen Maschine, auf der »KuKluxAir« stand. Ich dachte: Seltsam, wie sich immer alles verwandelt. Dann war ich im Flugzeug, und es gab Eis für alle. Was mir der Traum vermutlich mitteilen wollte: Wenn man einen Ku-Klux-Klan-Mann umdreht und am Spitzhut in der Hand hält, kann man ihn wie eine Eistüte abnagen und langsam aufessen. – Aber im Ernst, es ist unerträglich und lächerlich, ich bin jetzt 31 und habe noch immer keinen Beruf. Ich bin als Entertainer im Land unterwegs. An sich keine Schande, wie Schlagersänger, Kabarettist oder Motivationstrainer, alles ehrenwerte Tätigkeiten, aber halt nie von mir als Beruf beabsichtigt. Aber nun bin ich das. Leute zum Lachen bringen. Es wird mir peinlich. Heftiger Selbstekel auch beim Gedanken an den zu 85 % fertigen Roman *Die Stunde zwischen Frau und Gitarre*. Schade, dass mein Roman *Über die Natur* nicht erscheinen kann, oder darf, was weiß ich. Weil dann alle entsetzt, Karriere aus, lol. Noch größerer Ekel später beim Gedanken an ein Autorenleben mit, let's say, fünfundvierzig oder fünfzig. Immer noch um Stipendien ansuchen, auf Preise hoffen. Auftreten und witzig sein. Wir wollen es lieber gut sein lassen, dann.
(16.–18. März 2014)

Wenn Sie von den unmittelbaren Funktionen der Literatur sprechen (»Ihn ernähren. Sich an jemandem rächen. Eine Frau beeindrucken.«), klingt das aber ziemlich pragmatisch.

Peter Handke ließ einmal einen Geldschein in seiner Hosentasche, der wurde in der Waschmaschine mitgewaschen. In einem Interview mit Friedrich Luft sagte er, er habe das Geld gern zurückhaben wollen, also habe er den kaputten Geldschein kurzerhand in ein Gedicht verwandelt.

(August 2011)

»Egal in welches Land man dich einlädt, / immer gibt es den gleichen wackligen Tisch, / das gleiche Arrangement von Leselampe, Wasserglas / und spärlichem Publikum« – so trostlos sind Lesereisen? Oder literarische Treffen? Oder alles?

Eine Italienierin fragte mich nach der Lesung, ob ich ihr einen Tipp geben könne, ihr Freund sei genauso wie ich, so semiautistisch und beschäftigt mit sonderbaren Projekten, aber das gefalle ihr jetzt nicht mehr, wie könne sie ihn verändern. Ich wusste nichts.

(18. 5. 2015, Dublin)

Worüber kaum einer spricht, sind körperliche Probleme, die auftreten können, wenn man obsessiv schreibt. Das tun sie aber, nicht wahr?

Vollkommen absurder Tag. Ich erwache mit einem großen blinden Fleck im Gesichtsfeld meines rechten Auges, unterhalb des Fokus, eine längliche Insel in der hilflosen Füllfarbe des Gehirns, das keine visuellen Informationen mehr von dort bekommt. Sofort versuche ich, die Unterversorgung mit Blut, die diesen Effekt vermutlich erzeugt, wegzutrainieren. Es gelingt, aber kurze Zeit später, als ich länger aufrecht stehe, kehrt das Ding zurück. Ich gehe wieder trainieren, Liegestütze, Kopfstand usw. Aber diesmal funktioniert es nicht mehr, der Fleck bleibt hartnäckig, ein Teil des Gesichtsfeldes fehlt. Ich nehme ein Migränemittel, das die Durchblutung des Gehirns erhöht, und mache Kopfstand, davon geht es zeitweise weg, aber jedes Mal, wenn ich aufrecht stehe, reißt das Loch wieder ein. Den ganzen Tag über wehre ich mich gegen den Sehverlust, kämpfe besessen um dieses kleine Stück Land. Es ist meins, meins. Eine permanent blinde Stelle im linken Auge habe ich schon, seit drei Jahren ist sie da. Als nichts mehr hilft, entdecke ich, dass ich die Durchblutung meiner Schultermuskulatur ankurbeln kann, indem ich ein Kissen verprügle. Aber immer, wenn ich die blinde Stelle für einige Minuten weggeprügelt habe und strahlende Klarheit in meinem rechten Auge herrscht, kehrt sie gleich wieder zurück. Über den ganzen Tag verteilt, mache ich so 117 Sit-ups und 73 Liegestütze (diese beiden Übungen wirken üblicherweise am besten gegen die Flecken), dazu unzählige Boxschläge gegen das Kissen und viele andere Maßnahmen, die irgendwie meinen Kreislauf ankurbeln: Laufen, Ausfallschritte, Kniebeugen, Zugübungen mit dem Thera-Band. Ich trinke starken Kaffee, schlage auf das Kissen und steigere mich hinein. Man betrachtet meine Raserei stumm und ruhig, es gilt ja niemandem, der Kampf findet nicht in der Welt statt, sondern in meinem Schädel. Am Abend bin ich vollkommen erschöpft, alles tut mir weh, und das Ding ist noch da, ich habe verloren. Ich lege mich ins Bett und davon geht der Fleck überraschenderweise weg, kehrt aber später zurück. In der Nacht habe ich unheimliche, geisteskranke Träume vom Migränemittel (Zomig), cartoonartige Figuren bilden gigantische Wimmelbilder, in denen ich versinke. – Es ist möglich, dass gar kein kausaler Zusammenhang zwischen der aktivierten Blutzirkulation und dem blinden Fleck besteht. Mir fällt ein berühmtes Experiment mit Tauben ein: Ein Gerät spuckte nach dem Zufallsprinzip Futterkörner aus, und die Tauben kamen sie holen. Nach

einer Weile sahen die Wissenschaftler, dass die Tauben jedes Mal vor dem Futterspender seltsame Spreizgebärden mit den Flügeln und eine bestimmte Anzahl von Trippelschritten auf und ab vollführten. Die Tauben waren der Meinung, ein System, ein Muster entdeckt zu haben, nach welchem das Gerät sie für bestimmte Bewegungen mit Körnern belohnte. – Am nächsten Morgen ist der Fleck noch da, aber er verschwindet einfach so während des Tages. Ich muss nichts dafür tun. Aber am Nachmittag fallen alle Fahrräder im Hof nach einem Windstoß um.
(7. Februar 2015)

Die Diagnose?
Gesichtsfeldausfälle, helle Punkte und Flecken. Wenn ich aus dem Fenster sehe, fallen sie mir auf. Wäre ich ein Mensch des Mittelalters, stünde es mir frei, sie wenigstens für Feen oder Seelen zu halten.
(Januar 2016)

Stéphane Mallarmé sagte: »Le monde est fait pour aboutir à un beau livre.« Stephen King, gern herbeizitierter Gast in Ihrem Werk, äußerte sich ähnlich: »Alles findet irgendwann seinen Weg in mein Werk.« Drehen wir es um: Was hätte auf keinen Fall Platz in Ihrem?
Vor Jahren las ich über einen Fall in Amerika, wo eine Mutter ihrer Tochter zur Strafe immer wieder die Beine und Arme brach. Am Ende war die Mutter, die von einer degenerativen Erkrankung der Gelenke und Knochen befallen war, die auch ihr Gehirn angriff, so schwach, dass sie es nicht mehr aus eigener Kraft schaffte. Das Mädchen musste also seinen Unterarm selbst gegen ein Metallgestell schlagen, bis der mehrmals verheilte Knochen wieder ein wenig anknackste. Alten mehrstimmigen Gesang von Meister Perotinus hörend

(Viderunt Omnes), denke ich nun an diese Szene. Sie hat sich, wenn man dem Bericht glauben mag, auf demselben Planeten zugetragen. Das bedeutet, ich weiß nichts von ihm, habe nichts von ihm gesehen.
(Januar 2014)

»The poet is someone who cannot look away«, so Werner Herzog. Welche Dichter sind dieser Definition würdig?
Die seltsame Überlegenheit früh verstorbener Kinder gegenüber älteren Toten. In dem bemerkenswerten Brief, den Plutarch an seine Ehefrau schrieb, nachdem ihre gemeinsame Tochter Timoxena im Alter von zwei Jahren gestorben war, steht: »Indes versuche recht oft, dich in Gedanken in jene Zeit vor der Geburt dieses Kindes zu versetzen, wo wir uns noch in nichts über das Schicksal zu beschweren hatten. Und dann knüpfe die gegenwärtige Zeit an jene frühere an, so wirst du finden, dass wir wieder in gleiche Verhältnisse gekommen sind.« Ein auf den ersten Blick sehr verstörender, ja grausamer Trost. Aber dann geht es weiter: »Denn es würde, liebe Frau, aussehen, als ob uns die Geburt dieses Kindes unangenehm gewesen sei, wenn wir unsere Lage vor seiner Geburt für angenehmer erklären würden.« Das Trauerarbeitsäquivalent zum Zwischenwertsatz in der Mathematik. Man ersetzt eine emotionale Auf-und-ab-Bewegung zweier Jahre, deren letzter, natürlich um vieles unmittelbarer spürbarer Tiefpunkt alles beherrscht, in Gedanken durch den konstanten Durchschnittswert. Und dann, etwas später: »Deine Timoxena aber hat nur einen unbedeutenden Verlust erlitten, denn sie hat nur Unbedeutendes gekannt und an Unbedeutendem Freude gehabt; was aber ihrer Empfindung, ihren Gedanken und ihrem Willen ferne lag, wie sollte man sagen können, sie habe dieses verloren?« Das Kind wusste noch nichts von Lebensglück, Familiengründung, Erfolg, Abenteuer. Das Schlimme am Alter, also an der an ihre vielen

Erdenvergnügungen allzu gewöhnten Seele, sei, »dass es die Seele der Erinnerung an die jenseitigen Dinge entfremdet und an die diesseitigen Dinge fesselt und sie so zwängt und drückt, dass sie die Gestalt beibehält, die sie von dem Körper in der Zeit ihres Zusammenseins mit demselben angenommen hat«. Es ist das alte Problem, das auch W. G. Sebald in den letzten Zeilen von *Die Ringe des Saturn* formuliert: »Und Thomas Browne, der als Sohn eines Seidenhändlers dafür ein Auge gehabt haben mochte, vermerkt an irgendeiner, von mir nicht mehr auffindbaren Stelle seiner Schrift *Pseudodoxia Epidemica,* in Holland sei es zu seiner Zeit Sitte gewesen, im Hause eines Verstorbenen alle Spiegel und alle Bilder, auf denen Landschaften, Menschen oder die Früchte der Felder zu sehen waren, mit seidenem Trauerflor zu verhängen, damit nicht die den Körper verlassende Seele auf ihrer letzten Reise abgelenkt würde, sei es durch ihren eigenen Anblick, sei es durch den ihrer bald auf immer verlorenen Heimat.« Die beste Lyrikerin Amerikas, Sharon Olds, schreibt in ihrem Gedicht über den realen Fall eines in einer Mülltonne gefundenen, in einen Plastiksack gewickelten, von allen bereits für tot erklärten und später doch wiederbelebten Babys: »As far as you were concerned it was all over, / you were feeling nothing, everything had stopped / some time ago.« Aber dann wird die Messerklinge des Atems immer und immer wieder in den kleinen Körper gerammt, »until you began to feel / the pain of life again«. Obwohl das Gedicht am Ende ein klein wenig ekstatische Freude verbreitet über das winzige gewonnene Leben, ist es doch eine Elegie, ein verkleideter Klagegesang um den Verlust eines einfachen, perfekten Todes. Und liegt nicht in der uns in bestimmten Augenblicken so unglaublich grotesk anmutenden Formel »Und Hiob starb alt und lebenssatt«, mit der seine Geschichte endet, eine ganz ähnliche Klage? Die Klage darüber, dass man entweder das Leben ausgetrieben bekommen muss (durch Krankheit, Gottes kindischen Zorn oder sinnzersetzende Wiederholung), an

das man sich ohne sein eigenes Zutun naturgemäß gerade gewöhnt hat, oder unter irrem Protest ausgeschlossen wird von dem einzigen bewohnten Vergnügungspark im All? Das letzte Beispiel in dieser kleinen, nutzlosen Aufzählung muss das Gedicht von Miroslav Holub sein, das zarte, unheimliche, makellose, über das ohne Gehirn geborene Kind, »Anenzephalie«. Mit seinem seltsamen Tapirmund schnappt es nach Luft, der Blutkreislauf ist in Gang, ein »kleines Avantgarde-Wunder«. Die letzte Zeile des Gedichts lautet: »Es ist vollbracht«, so sagt es eine »große Stimme vom Thron« in der Offenbarung des Johannes, während der siebente Engel seine Schale in die Luft gießt.
(Dezember 2012)

Versuchen wir es noch einmal: welche Dichter?
Der Barockdichter Johann Beer (1655–1700) schrieb in seinen Aufzeichnungen: »Den 7. Xbris erkrankte mein Sohn Hannß Paul auf den Todt.« Der Herausgeber fügt in eckigen Klammern darunter: »*Am Rande Zeichnung: Medizinflasche.*«
(Januar 2017)

»Alles war tot, der Roman, die Geschichtsschreibung, die Politik, das Ich, die Moral, die Liebe, die Zukunft, die Religion, die sexuelle Befriedigung«, heißt es in *Die Liebe zur Zeit des Mahlstädter Kindes*. Was ist lebendig?
In Karl Gröbers *Kinderspielzeug aus alter Zeit* lese ich von Puppenfiguren, abgebildet in einem Nürnberger Spielzeugkatalog aus dem 18. Jahrhundert, in deren Innerem sich ein lebender Vogel befand. »Komische Figuren, welche immer die Köpfe bewegen, das Frauenzimmer sagt Nein, der Mann Ja.« Der in die Puppenkleider eingewickelte Vogel, über dessen Kopf am Ende der kleine Menschenschädel gestülpt wurde, versuchte verzweifelt, sich von der Verkleidung zu

befreien, und daraus entstanden dann zuckende Tanzbewegungen der Figuren, über die sich die Kinder halbtot lachen konnten.
(Januar 2013)

»Zu welchem Datum würdest du zurückgehen und alles besser machen ... Wenn du eine Zeitmaschine hättest.« – Lässt sich so eine Frage überhaupt beantworten?
(Schweigen.)

Sie haben über vergriffene Bücher geschrieben, über das, was im Internet verloren geht, Dennis Coopers Blog etwa. Welche Bedeutung hat für Sie das Verschwinden?
Ich war heute bei der Gottscheer-Gedenkstätte in Mariatrost. Angenehm anstrengende Radstrecke, immer bergauf. Ich hörte *Shadow of a Doubt* von Sonic Youth, und die Glocken der Mariatroster Basilika spielten dazu im selben Akkord, F#m7. Plötzlich gehen der Stadt die Häuser aus, Kornfelder öffnen sich und ein steil ansteigender Spazierweg windet sich zwischen ihnen. Als ich an der Gedenkstätte ankam, war ich völlig außer Atem, und zwei Frauen, die auf Rollerblades neben mir angehalten hatten, musterten mich. Ich schüttete mir Wasser über den Kopf, und sie schauten sich auch das an. – Das heute verschwundene Volk der Gottscheer lebte bis zum Zweiten Weltkrieg in Slowenien. Sie sprachen ein altertümliches Deutsch, von dem im unbetretbaren, aber durch ein Glasfenster immerhin einsehbaren Innenraum der Gedenkstätte eine Probe zu lesen ist:
Gött Vuətər in Himml
biar patn guər schean
shö luəs insch inschər Hoaimöt
in Hartsn pəschtean
Die Gedenkstätte ist winzig. Ich begegnete einer dicken

Streunerkatze, die vor mir flüchtete. Wohnhäuser in der Nähe, alle so still und gemütlich wie stehen gebliebene Hollywoodschaukeln, auf der Straße davor viele Radfahrer und Jogger. Ich überschüttete mich noch mal mit kaltem Wasser, dann drehte ich um und fuhr zurück.
(Juni 2015)

Nicht alles, was verschwunden ist, bleibt es für immer. Ist das ein tröstlicher Gedanke?
Meine Mutter erzählte mir von einer ihrer Patientinnen im Geriatrischen Krankenhaus. Nach einem Schlaganfall konnte die Frau nur mehr in schwer verständlichem Deutsch sprechen. Erst einer ihrer Söhne kam auf die Lösung: Es war Gottscheerdeutsch. Die Frau hatte es in ihrer frühesten Kindheit gesprochen.
(Februar 2017)

Wie stehen Sie zum Vergessen?
Was wird eigentlich aus den *vergessenen* Gemeinplätzen? Ein Beispiel aus Flauberts *Dictionnaire des idées reçues*: »ZEDER: Die Zeder im Jardin des Plantes wurde einst in einem Hut eingeführt.«
(Juli 2012)

Was mag Ihr Gehirn, worauf springt es an?
Kometen! Heute hab ich Panstarrs gesehen! Im westlichen Abendhimmel, gegen 18 Uhr. Leuchtende Kugelschreiberspitze mit kurzem Schweif. Für einige Minuten, bevor ein höheres Gebäude der Nachbarschaft ihn verdeckt, steht er da, sein blassrötlicher Schweif glüht etwas auf, wird wieder schwächer, glüht noch mal auf. Sicher kein Flugzeug, das eine seltsame Kurve fliegt? Kurzer Kontrollblick: Der Mond wird genau

im selben Winkel angestrahlt, den auch der (ganz leicht gekrümmte) Schweif zeigt. Der Tag ist gerettet.
Die Kometen-Theorien von Randall Carlson beschäftigen mich immer mehr, auch die damit verwandten mytho-geologischen Arbeiten von Bruce Masse. Vor 12 000 Jahren kam es am Beginn der sogenannten Jüngeren Dryas-Zeit zu einem plötzlichen Abschmelzen der kilometerdicken eiszeitlichen Gletscher in Nordamerika und Europa. Viele Gründe wurden dafür genannt, Carlson und auch Masse plädieren für ein oder mehrere Bruchstücke des Kometen Encke, deren Einschlagenergie ausreichte, um die Gletscher rasch schmelzen zu lassen – und die Erde in mehrere Jahrhunderte tiefster Zerstörung zu tauchen. Gigantische Überschwemmungen, deren Spuren J. Harlen Bretz in Nordamerika identifiziert hat. Die Encke-Bruchstücke, die von einer früheren Kollision mit der Erde stammen, gibt es auch heute noch, wir nennen sie die Tauriden: ein Meteoritengürtel, durch den wir zweimal im Jahr mit unserem Planeten fliegen. Viele Feste und Mythen zentrieren sich um diese Tage im Jahr, das Herbst-Äquinoktium ist eines davon. Am Ende der letzten großen Eiszeit steht die Entwicklung (vermutlich beginnend in der heutigen Türkei) der Landwirtschaft, die Menschen wurden sesshaft und beobachteten auf einmal, wie besessen, den Himmel. Das rätselhafte astronomische Heiligtum am Göbekli Tepe beispielsweise stammt vermutlich schon aus dieser Zeit, 11 000 v. Chr. Die klassische Erklärung lautet: Die Menschen mussten wissen, wann sie was säen sollten, deshalb war genaue Himmelsbeobachtung wichtig. Das wird sicher stimmen. Aber kann es nicht auch sein, dass diese neue Besessenheit vom Himmel, die wir von den prähistorischen Menschen und ihren Malereien (z. B. jenen aus der Chauvethöhle vor 34 000 Jahren) überhaupt nicht kennen, aus dem unbegreiflichen katastrophalen Ereignis stammte, welches der Kometeneinschlag brachte? Für seine Existenz gibt es viele handfeste Beweise: micro-spherules, die

schwarze geologische Ascheschicht überall auf der Welt. So hat *Hamlet's Mill* aus den Siebzigern doch recht: Die alten Mythen über die Götter waren buchstäblich Vorgänge am Himmel. Konstellationen, deren Kenntnis und Studium und Voraussage auf einmal ungeheuer wichtig waren, denn die Vorfahren waren alle unter ihrer unvorstellbaren Wirkung gestorben. Der Mythos vom Mythos sozusagen. Vielleicht mögen wir erst seitdem *Geschichten.* Und vielleicht ist immer noch etwas von dem alten Grauen in uns, wenn wir Dinge am Himmel fliegen sehen. Damals brannte die Welt. Und es war von oben gekommen. Was immer da oben wohnte, es hasste uns, es besaß nicht unseren Verstand, unsere Gesetze, es war etwas vollkommen anderes. Die Tauriden erscheinen einmal im Jahr am Nachthimmel. Das andere Mal erscheinen sie am Tag, direkt hinter der Sonne. Der Komet Encke hat uns vielleicht erschaffen, die einander Geschichten erzählenden Menschen. Was wir mit Sicherheit wissen, ist, dass die Katastrophe am Beginn der Jüngeren Dryas von Menschen durchlebt wurde. Und wir besitzen keine Schriften von ihnen. Nur das ferne Echo ihrer Erzählungen in Flutmythen und Geschichten über den flammenden, von oben kommenden Zorn, den Weltenbrand, die Rache der Ahnen. Encke ist vielleicht das, was wir heute, unendlich verwandelt, als Gott bezeichnen.
(16. März 2013)

Welche großen Rätsel der Menschheit werden in Ihrem Kopf noch produktiv?

Kurz nach meiner Ankunft in Rebeccas Haus in Oxfordshire besuchte ich zum ersten Mal Stonehenge. Steine auf einer Wiese! Ein Feld, daneben Schafe, und große Steine. Man sieht sie schon bei der Anfahrt, kommt ihnen auf der Schnellstraße recht nahe, aber dann muss man ewig lang weiterfahren bis zu einem Besucherzentrum und dort Tickets kaufen und

mit dem Bus einige Kilometer zurück zur Wiese, lächerlich. Dort geht man dann im Kreis drumrum. Der sogenannte Heel-Stone, der etwas abseits steht und älter ist als die Steine des innersten Bereichs, besitzt ein Fraggles-Maul, mit etwas Schnauzenartigem darüber, sehr tröstlich. Besonders schön: die Schafe, die sich in der Nähe aufhalten und Gras fressen. Über diese Steine wissen wir nicht viel. Sie waren vielleicht dazu da, die Präzession der Tagundnachtgleichen zu messen, unsere zweimal jährlich erfolgende Passage durch den Tauriden-Meteorgürtel. Und daneben Schafe. Dazu auch Kühe in der Ferne auf Hügeln, sie stehen da und schauen. – Dann wieder mit dem Bus zurück zum Zentrum. Ich kaufte ein T-Shirt und einen Lutscher und hatte Durchfall auf der Toilette. Eine Familie machte auf der Wiese neben dem Besucherzentrum, oder eigentlich direkt neben dem Parkplatz, ein Picknick.
(September 2016)

Und welche schaffen das gar nicht?
»Diese Prominenten starben 2012: hier« (Der Link selbst ist tot, er führt auf eine weiße Seite – der kilometertiefe Höllenschnee, in dem sie alle versunken sind.)
(Dezember 2012)

»Der Teufel steckt bekanntlich in den Details, der Erlöser jedoch in den großen Einheiten, in den Weltkarten und abstrakten Ideen.« Ist das so?
Jacob Burckhardt, der Mann mit dem größten Überblick, schlägt in seinen *Weltgeschichtlichen Betrachtungen* vor: »Suchen wir nun auch einigen der erlaubtesten Klagen der Weltgeschichte den unserer Ahnung zugänglichen Trost gegenüberzustellen.« Edles und bewundernswertes Projekt. Hätte ich diesen Satz doch schon viel früher gelesen.
(Dezember 2013)

»Was würde geschehen, wenn alle Menschen gleichzeitig wach wären, nur für eine Sekunde?«, fragt eine Ihrer Figuren. Hat der Autor eine Antwort?
Dann werde ich mein Handgelenk auf ein Brückengeländer legen, damit der Fluss mir den Puls ablesen kann.
(November 2016)

Die »grelle Absurdität ihres Lebens unter der Sonne« – was wäre das?
Wieder bekam ich eine Spam-Mail von der Adresse von Maruša Krese, die vor dreieinhalb Jahren starb. Die irgendeinen seltsamen Link enthaltende Mail ging an verschiedene Empfänger. Unter ihnen auch David Šalamun, Marušas Sohn, der letztes Jahr starb.
(Juli 2016)

Was fasziniert Sie so an Welt- und Zwitschermaschinen?
Heute mit zwei Kollegen durch das steirische Hügelland zu Franz Gsellmanns Weltmaschine. Die Weltmaschine liegt wirklich mitten im Gemüse, und wir irrten (so wie ich damals mit meinen Eltern, vor mehr als zwanzig Jahren, beim ersten Besuch) ewig lang mit dem Auto herum, bis wir dann endlich das Schild sahen. Wir bekamen eine Führung von der inzwischen schon sehr gebeugt gehenden Tochter von Franz Gsellmann, die uns jeden Zentimeter der großen sinnlosen Maschine erklärte. Sie ist eine ganz entzückende Erscheinung. Ich wollte von ihr wissen, was sie sich gedacht hat, als sie sie zum ersten Mal gesehen hat (denn die Arbeit in der Scheune war lange Zeit Herrn Gsellmanns persönliches Projekt, das die Familie nicht sehen durfte). Sie hat geantwortet: »No, nix hob i ma docht, wos sull i ma denkn.« Dann habe ich sie gefragt, was die ungewöhnlichste Reaktion bisher war. »Jo, a Japanerin woa do, de is in Tränen ausbrochn! Und hot

si nimma dafongen. De homma miaßn ausse führen und beruhigen.« Besonders schön fand ich die in die Maschine eingebauten Plaketten mit den Aufschriften in Gsellmanns Originalton: »Der Klobus durch Friede und Verständigung lautet das Motto der Newiorker Weltausstellung 1964« und »Mit Müch (= Milch) und Blarg harb ich gebaut. Für das so kurze Leben. Gott wirt mich in der antern Welt eine schönere Arbeit geben.« Gsellmann hat sich bei seiner mehr als zwanzig Jahre andauernden, besessenen Arbeit an seiner (immerhin eine ganze Scheune ausfüllenden) Maschine fast jede Woche verletzt oder elektrisiert, deshalb musste, so die Tochter, die »Sprechstundenpackung« Hansaplast auch immer gefüllt sein.

(März 2012)

Eine Romanfigur liebt »alles, was weltumspannend war, wie Live-Sendungen, Mondphasen oder die Romane von Stephen King«. Was bedeutet das für Sie?

Im Aufwachen hielt ich das Gequietsche der Hafenmöwen für das Geräusch, mit dem drei Handwerker eine Fahnenstange über dem Hotelbett einschraubten.

»Her arbeidet MORITZ KLEIN, fødselsår 1911, deportert 1942 Auschwitz. Drept 4. 2. 1943.« Ein kleiner goldener Stein im Straßenpflaster, in einem schmalen Gässchen von Tromsø. Auch hier, so weit im Norden.

Niillas, ein sehr gastfreundlicher Rentierzüchter aus dem Samivolk, erzählte von seinen viertausend Rentieren, für die er jeden Tag sorgt. Er fährt mit dem Snowmobile auf den Bergen herum und treibt die Herden von hier nach da. Sein Hund ist ein »Vierauge«, d. h., er hat helle Flecken um die Augen, sodass selbst der auf dem Feld schlafende Hund für ein anschleichendes Raubtier so aussieht, als blickte er es an.

Das Zeichen »X« bezeichnet den Vokal O in der Buchstabierkonvention der Sami-Rentierhalter. Warum? Ganz einfach, weil man auf ein totes Tier mit dem Messer nicht so einfach ein O einritzen kann. Ein X ist viel einfacher. Die häufigen Laute der Samisprache werden von den Rentierleuten mit Zeichen geschrieben, die nach dem Prinzip »leicht einritzbar« ausgewählt sind.

Wie man einen Vielfraß jagt? Man setzt sich drei Tage lang unbeweglich in den Schnee, entsorgt seine Exkremente in einem Behälter, sodass ihr Geruch sich nicht verbreitet. Und man wartet. Niillas hat letztes Jahr drei Vielfraße geschossen (die Vielfraße haben im selben Jahr einige seiner Rentiere gerissen). Nach zwei Tagen im Schnee gerät er meist in einen seltsamen Zustand, erzählt er, dann tagträumt er immer wieder vom erfolgreichen Schuss. Als er schließlich tatsächlich einen Vielfraß erlegte, brauchte er mehrere Stunden, um zu begreifen, dass es kein Traum war. Er fasste die Haut seines

Handrückens an und zwickte sich an einer bestimmten, sehr empfindlichen Stelle der Oberlippe. Er zeigte es vor, und wir, wie hypnotisiert, machten es ihm sofort nach.
In der Vergangenheit bekam er oft Besuch von TV-Survivalisten, Bear Grylls und Bruce Parry. Parry sei »a real man« gewesen, der habe kein Problem gehabt, ein Rentier zu töten, ihm das Herz zu entnehmen und es roh zu essen. Aber Grylls? »Not a real man«, der ersetzte das Herz für die Kamera durch einen Kaugummi. Alles fake. – Niillas erklärte, wie man einem Rentier das Blut entnimmt, wenn man allein in der Schneewildnis ist und keinen Behälter dabeihat. Stich ins Gehirn, Rentier tot. Dann Stich ins Herz, aber die Haut wird zugehalten. Der Oberkörper des Rentiers füllt sich mit Blut, ein riesiges Hämatom. Jetzt muss es schnell gehen: Schnitt an der Seite, Magen raus und diesen mit dem Blut füllen, fertig. Das Rentierblut verkauft Niillas an das norwegische Militär, dort wird es als konzentrierte Kraftnahrung verwendet.
Niillas schläft drei Stunden am Tag, der Rest ist hartes Leben. Eine Italienierin aus der Besuchergruppe fragt, wie es denn mit der Religion des Samivolks stehe. Es gebe doch den Joik, diese Segnung der Landschaft und der Tiere. Jaja, sagt Niillas, der Joik. Man muss immer wissen, wie das Land ist. Und wenn man es weiß, dann joikt man es. Dann ist das erledigt. Oh ja, außerdem haben wir zweihundert Wörter für Schnee. Ein junger Engländer neben mir flüstert seiner Freundin zu: *Aber das ist doch längst widerlegt, das mit dem Schnee.* Man muss den Schnee genau kennen, sagt Niillas, es gibt so viele Sorten. Das Schmackhafteste am Rentier sind übrigens die Augen und das Wangenfleisch.
Draußen fütterten wir seine Tiere, sie waren handzahm und an Menschen gewöhnt. Natürlich taten sie mir leid. Sie hatten keine Ahnung, keine Chance. Aber sie schienen gleichzeitig ein einigermaßen angenehmes Leben führen zu dürfen. Sie seien nicht nur Nutztiere, erklärte Niillas, sie seien seine besten Freunde. Denn er verwende wirklich alles von ihnen,

Hörner, Hufe, alle Organe, sogar für die Ohren finde sich manche Verwendungsmöglichkeit. Unsere Pflicht auf Erden sei es, unsere Freunde zu essen. Das sei tatsächlich das Einzige, was alle Menschen ohne Ausnahme betreffe.
(Dezember 2014)

Wie sähe Ihr Katalog des Unheimlichen aus?
Fernseh-Erinnerungen:
– Eine Folge einer Krankenhausserie, in der es um einen Patienten mit Locked-in-Syndrom geht. Der Patient konnte nur blinzeln, der Rest seines Körpers war gelähmt. Eine Krankenschwester hatte den Einfall, ihm leuchtende Handschuhe anzuziehen, damit er sich nachts in einem über seinem Körper hängenden Spiegel selbst sehen konnte. »Er wird sich dann nicht so körperlos vorkommen«, hieß es.
– Ein Beitrag in der Sendung *Explosiv*, in der es um eine Mutter und ihr behindertes Kind ging. Sie sagte dem Kind: »Wenn ich gewusst hätte, dass du behindert bist, hätte ich dich abgetrieben.« Das Kind spielte währenddessen mit einem Trinkglas.
– In der ersten Sendung von *Bravo TV*, die ich sah, stellte sich eine Moderatorin vor, Heike Makatsch. Sie entschuldigte sich dafür, dass nicht die alte Moderatorin »an dieser Stelle hier« sei. Die Zuschauer müssten halt mit ihr »vorliebnehmen«. Dabei sah sie sehr traurig aus.
– Eine Folge der Zeichentrickserie *X-Men*, in der Wolverine die Rede Shylocks hält: »Wenn ihr uns stecht, bluten wir nicht?«, usw. Ich erkannte sie erst Jahre später wieder, als ich das Shakespearestück auf der Bühne sah.
– Bei einem Schulfreund sah ich mit sechs oder sieben Jahren den *Unglaublichen Hulk*, ich weiß nicht mehr, ob es die Serie oder der Film war. Ich bekam Angst vor einer bestimmten Szene, in der man den Hulk laufen sieht. In meiner Erinnerung sieht er gar nicht grün aus, sondern eher grau. Er läuft in

Zeitlupe. Ich hatte die absurde Fantasie, dass sich ein winziger Hulk in mir bewegt, vor allem in meiner Brust. Oft konnte ich nicht einschlafen, weil mich diese Vorstellung quälte. Der kleine Hulk fuhr als winziger Fahrstuhl meine Kehle auf und ab.

– Ein Beitrag in irgendeiner Boulevard-Sendung über einen jungen homosexuellen Mann, der einen Partner zu finden versuchte, indem er in der Fußgängerzone tanzte. Er war sehr fett und zog sich Dessous, Federboa und Hut an. So filmten sie ihn.

(März 2015)

Gäbe es ein Bild für das Unheimliche, welches wäre das: ein dunkler Schatten hinter einer Figur? Eine zweite Welt hinter der Bühne? Ein ganz anderes?

Am letzten Tag war ich noch im Zoo. Es stellte sich heraus, dass die meisten Tiere unsichtbar waren, was mich fröhlich stimmte. Es ist immer ein gutes Zeichen, wenn sich die Zootiere in ihre eigenen großen Bereiche zurückziehen können, zu denen Menschen keinen Zugang haben. Der Zoo war von einem einzigen lauten, konstanten Geräusch beherrscht: dem Schreien und Weinen kleiner Kinder. Eltern waren damit beschäftigt, sie zu beruhigen. Ich verlor die Geduld und bekam Fantasien darüber, ein Kind in eines der Löwengehege zu werfen. Der Löwe war allerdings auch gerade nicht da. Generell schien der Zoo von Edinburgh sich von einigen der unangenehmsten Eigenschaften europäischer Tierparks befreit zu haben; der Mensch hat nur den allernötigsten Zutritt zu den Wohnbereichen der Tiere. Bei den Pinguinen entdeckte ich einen Albino-Rockhopper und fragte eine der Angestellten, ob der Weißling irgendwelche Probleme habe. Sie sagte Nein, Pinguine erkennen einander am Ruf, nicht an der Farbe. Denn sie sehen sowieso alle ziemlich ähnlich aus. Auf meine Frage, ob sie die Arbeit im Zoo manchmal traurig mache, antwortete sie, dass sie früher militante Tierschützerin gewesen sei und dass sie immer noch gerne die Tiere im Hamburger Zoo befreien würde. Ich stimmte ihr zu. Aber der Zoo in Edinburgh habe keine Tiere mehr, die weite Flächen brauchen, Elefanten, Giraffen und dergleichen. Sie erzählte mir, dass der Zoo vor Kurzem einige Sonnenbären, die in Kambodscha jahrelang in winzigen Käfigen gehalten worden waren, befreit hätte. Sie wohnten jetzt in einem baumreichen Bereich, denn Bäumeschütteln gehöre zu ihren liebsten Tätigkeiten. Ein Sonnenbär könne sich außerdem »in seiner Haut umdrehen« und zubeißen, wenn ein Raubtier ihn am Genick packe, seine Haut sei enorm dehnbar. Später fand ich die Sonnenbären. Einer holte Avocados aus einer Kartonrolle, die er korkenzieherhaft aufreißen musste, um an die köstliche Frucht zu kommen. Jedes Mal, wenn es ihm gelang, schaukelte er vor und zurück, warf seinen Kopf in den Nacken und aß die Avocado. Seit etwa einem Jahr lebt er nun außerhalb eines Käfigs. Würde man ihn dort, wo er herkommt, wieder freilassen, wäre er längst wieder im Käfig. Ich setzte mich vor ihn hin und schaute ihm zu. Niemand sonst interessierte sich für den glänzend schwarzen wunderschönen Sonnenbären. Nach einer Weile hatte ich den Phantomgeschmack von Avocado im Mund und merkte, dass ich großen Hunger hatte. Es war außerdem Zeit, zum Flughafen zu fahren. Trotzdem blieb ich noch eine Weile sitzen und versuchte, nicht den Verstand zu verlieren, denn ich spürte, dass genau das passieren würde, wenn ich jetzt aufstand und mich in normaler Menschengeschwindigkeit zum Ausgang bewegte. Einmal schaute der Sonnenbär zu mir herüber. Seine Kameraden aus Kambodscha waren nicht sichtbar, sie hatten sich ins Innere ihres Wohnhauses zurückgezogen. Er allein saß draußen in der Sonne und kitzelte Avocados aus einer Kartonrolle. Als ich merkte, dass ich mich gefahrlos erheben konnte, ging ich. Während ich mich langsam Richtung Ausgang bewegte, blieb ich mehrere Male stehen und

starrte meinen Schatten an, der breit und, als hätte ich mich verdichtet, etwas schwärzer und dunkler als sonst vor mir lag, wie ein Vorschlag, eine Art Pfad.
(August 2014)

Und in der digitalen Welt, wie verhält es sich da mit dem Unheimlichen?
Namie, eine atomverseuchte Geisterstadt in der japanischen Präfektur Fukushima, ist seit einigen Tagen befahrbar mit Google Street View. Spät nachts, schlaflos von schmerzhaftem Säurereflux (Glutwind und Brennen im Herzbereich), durchfahre ich das Städtchen stundenlang, in den Kopfhörern in Endlosschleife das Album *Tago Mago* von Can. Ausgestorbene Gebäude, verwahrloste Straßen, am wenigsten zerstört wirken noch die Werbeplakate und Firmenaufschriften. An einer Stelle ist sogar ein anderes Auto unterwegs – mein hilfloses Klick-Zoomen, um zu erkennen, wer darin sitzen mag. Häuserfronten in einiger Entfernung und Autofelgen sind wie üblich unscharf gemacht, da sie von der Software für Gesichter gehalten werden. Ein merkwürdiges Flehen liegt in dieser Entscheidung des Algorithmus; die traurige Vermutung einer an den Anblick von Menschen gewöhnten Intelligenz, dass diese, vielleicht in metallener Verkleidung, sich hier vielleicht doch noch irgendwo versteckt halten. Man kann erstaunlich weit fahren, das Gebiet ist, wie sich herausstellt, nicht auf die eine Stadt beschränkt. Also aufs Land. Einige Kilometer landeinwärts liegen tatsächlich noch kleinere Schiffe und Boote in der Gegend herum. Über die Landstraße 391 von Morotake nach Süden kommt man dem zerstörten Kraftwerk Fukushima I am nächsten. Auf den Feldern ringsum merkwürdig verbogener Schrott, vielleicht Fahrzeuge. Natur, Natur, dann unbeschreibliche Verwüstung, herumliegende Trümmer, wetterverdreckte Autos mit offenen Türen, und wieder Natur. Der Endpunkt der Fahrt ist eine Brücke über

einen kleinen Fluss, auf der linken Seite schwebt ein großer Vogel in der Luft.
(28. März 2013)

»Alles was taugt von mir, spielt in Zonen«, sagten Sie in einem Interview. – Inwiefern?

Iiyama. Dort umsteigen in den Bus. Die Sonne geht unter, schleichende Angst. Serpentinen und Berg-und-Tal-Hüpfereien. Saubere Zäune, Berge üppig in der Ferne. Dann Halt in Nozawa Onsen. Seltsam jedes Mal, diese Treffen mit Literaturwissenschaftlern. Man trifft eine Gruppe von Menschen, die herausfinden wollen: »Wie ist der so?« Nette Gesten, Geschenke, höfliche Nachfragen. Man möchte gefallen, man möchte die Zustimmung des Autors. Man kritisiert ihn und lacht und legt den Arm um ihn. Man möchte mit ihm in eine der heißen Schwefelquellen gehen, wo man mit ihm zusammen nackt sein kann. Intensiver Schwefelgeruch überall im Ort, und man darf nur ohne Schuhe durchs Hotel schlurfen. Eine seltsame Zone. Ich wandere ein bisschen durch das Dorf, aber es ist dunkel, und ich sehe nichts. Nach einer Weile wird mir vom Schwefel übel, und ich kämpfe lange mit Würgereiz vor dem Einschlafen. Mitten in der Nacht schleiche ich mehrere Male aufs Klo und lasse meinen Körper eine Entscheidung treffen, ob er sich nun übergeben will oder nicht. Nein, er will nicht. Also zurückkriechen unter die eisigen Decken, kalter Schweiß, ich glaube, ich will jetzt nach Hause. Unheimlich und wie drohende Vorzeichen erscheinen mir nun die deutschsprachigen Aufschriften in dem für seinen Schitourismus bekannten japanischen Bergort. »Schi Heil« heißt ein Hotel, gleich bei der Bushaltestelle. Ein kleines Geschäft »Mein Laden«. Ein anderes Hotel nennt sich »St. Anton«, angeblich die offizielle Partnerstadt von Nozawa Onsen. Vielleicht serviert man uns morgen kleine marinierte Marterln zum Frühstück. Ich schlafe elend, mein Kopf eingehüllt in ein im Museum in Roppongi gekauftes Snoopy-T-Shirt.

Der nächste Tag. Die Germanisten reden über meine Bücher. Ich bin, so erfahre ich, ein »Sadomodernist«. Hm, schade.

Ein Gebäude in der Nähe des Seminarhotels nennt sich »Paralympic Cauldron«, da brannte damals das Feuer. Sonst ist Nozawa Onsen ein winziges, aber sehr charmantes Dörfli, man findet schöne, plätschernde Rinnsteine voll Wasser, und es stehen hauptsächlich Badehäuser und Hotels herum, auch ein paar Geschäfte, in denen die Katzen winken. Einen großen Parkplatz gibt es, da ruhen Busse in der Sonne. Es ist klirrbitterkalt. Hier baden, hier der Männereingang zum Onsen! Ich weiß nicht, aber heißes Wasser beeindruckt mich nicht so. Du musst unbedingt das heiße Wasser hier ausprobieren! Man kann sich sogar hineinsetzen in das heiße Wasser! Und nach Schwefel riechen tut es auch, es ist der absolute Wahnsinn. Einige der Germanisten fragen wieder, ob ich bitte mit ihnen ins Onsen gehen werde, den Zeitpunkt kann ich bestimmen, wenn ich will, dort seien alle nackt, hurra, und man müsse sich ordentlich – und gut sichtbar für die anderen, vor allem die einheimischen Onsenbenützer – öffentlich waschen, wirklich jede Ecke des Körpers gründlich schrubben, erst dann darf man rein, es ist das totale Paradies.

Ilse Aichinger ist gestorben. »Nun hat sie Ruhe«, war mein erster Gedanke. Sie sprach, wenn ich mich nicht täusche, in den letzten Jahrzehnten in den seltenen Interviews, die sie noch gab, sehr viel vom Verschwinden, vom Vergessenwerden. Also fahre ich mit dem Taxi fort von dem Germanistenseminar, ins Jigokudani (wörtlich »Höllental«), wo an einer bestimmten Stelle wilde Affen leben, die man aus der Nähe betrachten kann. Sie baden, wie das Internet versichert, dort in einem heißen Becken. Die entzückende Frau Inukai, die schon letztes Jahr in Tokyo das Gespräch zwischen mir und Prof. Hiroshi Ishiguro moderierte, hilft mir bei der Organisation. Ein Taxi wird im Ort aufgetrieben, es gibt nur eines, aber es ist verfügbar. Man telefoniert und verhandelt. Der Taxifahrer spricht nur japanisch. Er übersetzt einen Satz mit Google Translate: *Thank you my name is my wood.* Ich stelle mich auf Japanisch vor, das habe ich gelernt. Es geht los, *jigokudani made kudasai.* In meiner Brust ein mehliges Gefühl. Tatsächlich hier überall Schigebiet, eine Schanze auf einem Berghang und weitere deutsche Aufschriften, alles sehr seltsam, eine absurde Überschneidung Österreichs und Japans, und ein »Höllental« gibt es ja auch in der Steiermark, und da, schon wieder, diesmal auf einem Café: »St. Anton«. Das Taxi fährt, während das Licht heller wird, durch Wein- oder Apfelanbaugebiete, grün-heimatliche Hügel, das wird langsam etwas verdächtig. Es ist wahrscheinlich, dass ich mir diese Reise innerlich zusammenfantasiere, in Wirklichkeit liege ich im Koma, oder ich bin tot. Natürlich, die Schwefeldämpfe nachts. Vergiftung und Delirium, oder die letzten Kombinationsbemühungen meines sterbenden Gehirns, sein Abschiedskonzert sozusagen, es zeigt noch einmal, was es alles kann, eine intersektionale Mischwelt erfinden, dafür bekam es zu Lebzeiten so manchen Literaturpreis ... Die Sonne ist auch fake, sie ist so viel kleiner als normalerweise. Eine andere Möglichkeit wäre, dass ich mich hier in einer jener seltenen Raumfaltungen bewege, wo zwei Universen einander überschneiden und anreichern. In der Ferne sehe ich Ruinenähnliches auf Bergen, wie im steirischen Vulkanland, es ist entsetzlich. Ich will nicht gestorben sein. Mein Körper weiß bis tief in die Knochen, dass es finsterste Nacht ist, aber da draußen glüht diese münzgroße Sonne, »wie aus einem Brief geschlüpft«, denke ich. Ich weiß nicht, was mit mir passiert ist. Eindeutig ein grober Rundungsfehler in der Matrix, aber aus welchem Grund? Vielleicht weil Ilse Aichinger fehlt, wer weiß. Man kennt ja die Identität der Zwölf Gerechten (oder waren es sechsunddreißig?) nicht, die es zu allen Weltzeitaltern braucht, damit der Kosmos zusammenhält, sie war vielleicht einer davon. Es wird schwer werden, sie zu vergessen. In der Schule bekam ich ihr *Fenster-Theater* einmal bei einer Deutschschularbeit zur Deutung vorgelegt. Ich gewann die Geschichte sehr lieb. Aber wenn es ihre komplizierte Seele braucht, vergessen zu werden, wenn sie sich anders nicht einrollen kann, dann müssen wir es versuchen. – Und nun sitze ich im Taxi zu den Schneeaffen, und das Tageslicht kommt von allen Seiten, von vorn, links, rechts, hinten. Meine ganze Hoffnung, aus diesem Zwischenreich doch noch lebend zu entkommen, setze ich auf die Schneeaffen. Wenn es sie gibt, dann ist das hier real, dann liege ich nicht tot und mit Schwefellochfraß im Gehirn auf der harten Matratze im Hotelzimmer. Aber die Fahrt dauert sehr lange, wir sind schon eine Stunde unterwegs und mir wird übel. Ja, vermutlich ist der Schwefel in mir, jetzt wird es gleich stockdunkel werden, ich habe große Angst. Ich will heim. Die grellste Schrecksekunde stellt sich ein, als ich den Uhrturm am Horizont sehe, riesengroß, das ist das Ende. Aber ich habe mich geirrt, es ist nur die Silhouette des oberen Teils eines hohen Gebäudes. Nein, eigentlich keine besondere Ähnlichkeit, tricks of the light.

Dann plötzlich hält das Taxi an einer Straße. Ringsum ist nichts. Herr Mori (oder Mr. Mywood, wie ich ihn in meinem Kopf in oxfordenglischer Intonation nenne) steigt aus und macht mir die Tür auf. Ich steige aus, und da ist tatsächlich

ein Schild, »Snow Monkey Park«, und ein Pfeil. Ich vereinbare, wann er mich abholen soll, dann gehe ich los.
Lange wandert man durch einen Wald, sanft ansteigend den Berg hoch. Schilder tauchen auf, die warnen: *Monkeys will take away your food.* Auf einem Schild, schon in der Nähe des Affenparks, sieht man die Aufschrift »SNOW MONKEYS« und darunter ein Bild von drei Ziegen. Das ist sehr witzig, aber das Dissoziieren wird wieder schlimmer, ich halte mich an einer kalten Dose Lemon Tea fest. *Monkeys will take away your food. Do not stare at monkeys.* Menschen kommen mir entgegen, und ich weiche ihnen aus wie Geistern. Meine Hose ist voller Schlamm, weil es geregnet hat, die Wege sind überschwemmt. Weit hallende Geräusche im Wald. Ich höre die am stärksten Geborgenheit spendenden Dinge, die ich auf dem iPod finden kann: ein Interview mit John Cage, eine Folge des Joe-Rogan-Podcasts mit Graham Hancock und Randall Carlson und einen Vortrag über die Kathedrale von Chartres. Als selbst das nicht viel nützt, schalte ich auf eine Lesung von John Ashbery, und das wirkt, er liest aus seinen *Three Poems*, aber da öffnet sich der Weg vor mir, und ein Tal wird sichtbar, darin ein rauschender Fluss und eine heiße Fontäne aus Dampf. Treppenstufen führen hinauf zu den Affen. Noch ein paar Minuten konzentriertes Gehen und Schnaufen, dann bin ich da. Affen. Viele Affen. Ohne großen Übergang sind sie auf einmal neben mir. Okay, ich musste an einer Schranke Eintritt zahlen, aber das bemerkt man fast nicht. Affen! Sie zanken miteinander und jagen sich und zetern und keifen und klauben am Boden und fressen. Ich filme sie, so wie die anderen Touristen. Ich starre sie an. Ich esse Schokolademandeln aus meiner Tasche.
Sie sind wirklich wunderschön, diese Affen. Sie leben wohl etwas höher auf der Steilmauer oder im Wald weiter oben, aber sie bewegen sich über die gesamte Talnische, auch unten auf der schmalen Brücke, dort springt und rüttelt ein großer Affe, er ärgert sich und brüllt, vermutlich ein Anführer.

Um das heiße Schwefelbecken scharen sich die meisten Menschen. Die Affen sitzen ruhig darin, pfoten im Wasser herum. Dann plötzlich Geschrei, zwei streiten sich um ihren Platz und rennen klatschnass zwischen unseren Beinen herum. Menschen sind für sie eine Art Beinewald, denke ich, sie sind sie gewohnt und erleben ihre Dramen und Lebensmomente unbeeindruckt von unserer Anwesenheit. Viele deutschsprachige Touristen sind hier, und mir wird wieder etwas mulmig. Aber nein, ich hätte mir diese Affen nicht ausdenken können. Mein Gehirn kann so was nicht. Könnte es das, wie wären dann meine Bücher? – Ein Affe laust einen anderen, der vor ihm hockt. Er macht dabei alle paar Sekunden eine rasche Umblättergeste im Fell des Gelausten, wie ein Leser in einem Buch.
(November 2016)

TAG 3

Den Islam beschreiben Sie als »Religion des Tageslichts, der hellen Flächen, der wunderschönen Ornamente«, der »Mildtätigkeit und Strenge«; Zen-Meister hingegen als »fürchterlichste aller Diktatoren«. Was fällt Ihnen noch zur Religion ein?

Fahrt nach Nikko, eine für ihre Tempel und Schreine bekannte Stadt. Fürchterliches »Geschrei« des Zuges, etwas in seinem Motorengeräusch klingt genau wie ein greinendes Kind, das »au au au« wiederholt. Vorstellung, dass der Treibstoff ein lebendes Wesen ist, ein in Blechteile eingesperrtes Baby, das langsam zermahlen wird, Energie erzeugend.

In Nikko. Total großartig: Der eine berühmte Tempel, genannt Rinno-ji, wird gerade umgebaut, also sieht man den Tempel gar nicht. Man sieht eine in Originalgröße angefertigte Zeichnung des Tempels auf der Außenhaut der Gerüstplanen. Es ist so lustig, dass ich wie besoffen lache. Dazu der hohe Eintrittspreis, haha. Drinnen ebenfalls alles verhängt mit kaum durchsichtigem, teilweise auch von Feuchtigkeit beschlagenem Plastik. Wie in Quarantänekammern sitzen die Buddhas da, und man kann sie erahnen. Fotografieren ist verboten, alle drei Meter erinnert ein Schild daran, wunderschön. Plastikplanen auch vor völlig leeren Bereichen. Behelfsstege für die Besuchermassen, aus Holz, mit Geländern. Genau vorgezeichnete Wege. Ich habe die ganze Zeit den geisteskranken Wort-Ohrwurm »Run-DMCgerkranz« im Kopf. Es ist schon ziemlich Zen, das alles. Besucher aus ganz

Japan (überraschend wenige Europäer) pilgern zu dem berühmten Prachttempel und sehen nur eine große Zeichnung davon. Wie viel mehr braucht man noch zur Erleuchtung? Und so viele reale Gegenstände in einem heiligen Gebäude: eine Sägemaschine, ein Luftentfeuchter, ein Bündel Besen! Faltbare Rohre, gespannte Leinwände, und Eimer, so viele Eimer! In jedem ist irgendwas drin. Vor dem Tempel steht ein Baum mit vielen Krücken, jeder Ast wird gestützt, andere Bäume hier sind angebunden an Stahlseilen. Man darf nicht in den Wald, und der Waldboden selbst ist auf Augenhöhe, da die Straßen etwas tiefer liegen, auch das ungewohnt. Weihrauch hängt in der Luft. »Sarkophag, Tschernobyl«, denke ich, als ich noch einmal zu dem verhüllten Tempel schaue. – Im Bus zurück ein Gespräch mit einem britischen Pärchen, zwei Frauen, die ein japanisches Baby adoptiert haben. Sie erzählen mir, dass sie extra Japanisch gelernt haben. »Oh, so you will move here to raise him?«, frage ich beeindruckt. Nein, sagen sie, er wird natürlich bei uns in London aufwachsen. Er ist drei Monate alt. – Blick auf den völlig zertempelten Wald von Nikko. Ich steige eine Station früher aus, um eine malerische Brücke aus der Nähe zu betrachten. Es stellt sich aber heraus, dass die Brücke weltberühmt ist und deshalb voller Besucher, man steht Schlange. Also zu Fuß ein wenig die Straße entlang, und auch hier tempelt es gewaltig. Aber ich habe dafür irgendwie nicht das Betriebssystem. Riesige Tempeltore, ja gut, ich kann durch sie hindurchgehen, auch die vorgezeichneten Wege kann ich abschreiten. Aber ich denke dabei vermutlich an Schlammwrestling oder das Gesicht von Helmut Qualtinger auf einem T-Shirt. Lange Warteschlangen überall.

Zwei Mönche, ein Lehrer und sein Schüler, gingen zum Rinnoji-Tempel. Sie bemerkten, dass er gar nicht zu sehen war. Alles, was es gab, war eine Zeichnung. »Wo ist der Tempel?«, fragte der Schüler. »Ja«, gab der Meister zur Antwort. Da fand der Schüler die Erleuchtung.

Einmal sah ich in einer Kirche in Graz, wie eine Glühbirne gewechselt wurde.
(November 2016)

Was ist Ihr liebster Jenseitsmythos?
Der brahmanische Glaube an die karmische Opfer-Täter-Umkehr im nächsten Leben bezieht sich in einigen Fällen sogar auf *dasselbe* Leben. Opfer und Täter werden mit vertauschten Rollen, d. h. Seelen, wiedergeboren, aber merken es nicht. Die Rache, die Aufarbeitung des Karma, geschieht also unter genau denselben moralischen Vorzeichen wie die »voran«(!)-gegangene Grausamkeit. Dadurch müsste eine Art Seelengeflimmer entstehen, und nach einiger Zeit (oder besser: nach einigen simultanen Durchgängen; es erinnert mehr an einen Loop in einem Computerprogramm) ein Einheitsbrei zwischen Opfer und Täter. Ist das nun ein hilfreicher Glaube oder nicht?
(Februar 2014)

Und was ist eine besonders schöne Utopie?
Ich habe heute etwas gesehen. Ich bin noch immer ganz durchstrahlt davon. Aber um es zu beschreiben, muss ich ein bisschen weiter ausholen: Vor einigen Jahren beobachtete ich eine seltsame Szene zwischen einem Mann und einer älteren Frau. Sie war wohl seine Mutter, und er verabschiedete sich von ihr. Sie wollte gerade in den Grazer Bahnhof gehen. Und er stand, ein erwachsener Mann in höchst wunderlichen Kleidern, die ein wenig an ein Matrosenkostüm erinnerten, draußen und winkte ihr zu, obwohl sie nur wenige Meter von ihm entfernt stand. Sie bedeutete ihm immer wieder, ihr nicht nachzugehen, und er winkte und weinte und sagte in einer sonderbar hohen Stimme, die mir damals sofort klarmachte, dass er geistig behindert war, etwas wie »jaja, Mami,

weiß i schon, Mami, Mami bald wiederkommimuss, batschi geben, batschi.« Und er winkte weiter, bis die alte Frau in der Bahnhofshalle verschwunden war. Ich glaube, er hatte Kniebundhosen an. In den Jahren danach sah ich ihn fast alle zwei drei Wochen bei uns im Bezirk. Er kaufte manchmal Wurstbrot beim Bäcker. Auch dort unterhielt er sich in der sonderbar hohen Stimme, und immer mit kindlichem Vokabular. Einmal, das weiß ich noch, fiel ihm etwas runter und er eierte hilflos drumherum, jemand half ihm. Er trug oft einen Regenschirm mit sich. Und heute sah ich ihn wieder. Er war aber nicht, wie sonst, allein unterwegs, sondern mit einem kleinen Kind. Es gibt keinen Zweifel, dass es derselbe Mann war, denn sein Gesicht ist ein besonderes, man vergisst es nicht. Aber: Sein Blick war anders. Und er sprach mit seinem Sohn in der für seinen Stimmapparat vermutlich normalen Tonlage. Er klang erwachsen. Er sagte zu ihm: »Wennst nicht raufkommst, rufst einfach kurz an, dann kommt wer runter.« Der Junge fragte etwas. Und der Mann antwortete: »Ja, sicher, aber jetzt schau ma, dass ma uns beeilen.« Mehr habe ich von der Unterhaltung nicht mitbekommen. Seither denke ich darüber nach, was für Verwandlungen der Mann hinter sich haben muss. Hatte er den geistig behinderten, von zackigen, umständlichen Bewegungen geplagten Mann früher nur für seine Mutter gespielt? Wenn ja, seit wann? Seit der frühesten Kindheit etwa? Wie kam das, dass er nun, in Manier, Blick, Bewegungen, Sprechstimme so vollständig verändert, aber zugleich noch derselbe, sich mit dem kleinen Jungen befasste? War es sein Sohn? Gibt es das vielleicht für jeden von uns, ein ganz neues Leben? Vielleicht war es auch einfach ein Zeit-Glitch, ein Spurwechsel in parallelen Weltläufen, den ich unbemerkt unternommen habe, so wie damals in Nozawa Onsen. Ich weiß es nicht. Aber etwas Tiefes, Altes und Mysteriöses wurde hier kurz sichtbar. Ob es mir im Diesseits je wiederbegegnen wird?
(6. 5. 2017)

Weltuntergang, was verbinden Sie damit?
Ich habe ein sehr trauriges Gedicht geschrieben. Es handelt vom Ende der Welt.

Traurige Meldung

Jeden Tag löst sich ein kleiner Polarbär
von der Größe Alaskas oder Grönlands
im nördlichen Eismeer auf
(August 2014)

Und mit Erlösung?
In Sci-Fi-Erzählungen wird immer wieder von *Nährlösungen* erzählt, in denen Gehirne oder einzelne Organe und Gliedmaßen leben. Nährlösungen. Woher kommt diese Vorstellung? Vermutlich von Aquarien, verbunden mit dem realen Einsatz von Nährlösungen für die Züchtung von Bakterien oder Zellkulturen im Labor. Aber Bakterien leben ja *immer* in einer Nährlösung, eben einmal in einer natürlich vorkommenden (z. B. Darmschleimhaut) oder in einer künstlich hergestellten. Dagegen sind die fantastischen Nährlösungen der Fiktion, in denen große Zellverbindungen wie Tiere, Arme, Babys überleben können, ein merkwürdiger erzählerischer Kunstgriff, merkwürdig deshalb, weil er zu stark ist, zu weit übers Ziel hinausschießt. So wie Superman. Denn wozu noch einen Körper bewohnen, wenn das Gehirn ohnehin in dieser Nährlösung hier überleben könnte? Wozu überhaupt noch irgendwas tun? Die Nährlösung wäre doch die *Lösung* für alles. Man könnte von ihr in einer dünnen, ständig erneuerten Schicht umgeben sein und müsste weder essen noch sich um irgendwas Sorgen machen. Man wäre autark, so wie in dem Schutzanzug, der im Film *Dune* von den Hauptfiguren in der Wüste getragen wird. Die vollkommene Erlösung. Und die Menschen, die in einer Sci-Fi-Erzählung leben und diese

Erlösung nicht sehen oder wahrhaben wollen – sind sie zu bewundern oder zu bedauern?
(Dezember 2013)

Erlösung / Nährlösung – verstehen wir einander je?
Terence McKenna hatte die Idee, dass die Außerirdischen schon lange unter uns sind: als psychedelische Pilze. Über diesen Kommunikationskanal sprechen sie mit uns seit Jahrhunderten und machen uns Vorschläge. Aber da sie so sehr von uns verschieden sind, verstehen wir nicht viel und haben nur überwältigende Visionen.
(Juni 2013)

Als höchste Konversationskunst gilt Nonseq, es folgt keiner Logik, sondern ist »zirkulär, unentrinnbar und perfekt in sich ruhend wie das ewige Selbstgespräch überfließender und einander speisender Brunnenbecken«. Was ist daran besser als am Versuch, sich zu verständigen?
Eine Geschichte über Kommunikation: 1908 wurden dem amerikanischen Physiker Robert W. Wood von texanischen Amateurastronomen 50 000 Dollar geboten, damit er eine Vorrichtung baut, mit der man mit den Lebewesen auf dem Mars kommunizieren kann. Die Auftraggeber stellten sich riesige Versionen der von Wood entwickelten Flüssig-Spiegel vor, mit denen man das Sonnenlicht reflektiert und damit Nachrichten auf die Oberfläche des Nachbarplaneten schreibt. Wood hatte eine andere Idee: ein kilometerbreiter Fleck auf der Erde aus schwarzen Stoffplanen. Man zog die Planen zusammen und rollte sie wieder aus – sodass es für die Marsbewohner so aussehen musste, als würde der blaue Planet ihnen zuzwinkern.
(Juli 2011)

Apropos optische Geräte – was fotografieren Sie?
Ich sah diesen Fleck auf einer Mauer, machte ein Foto und nannte es einen »lauernden Katzenpfau«. Sarah warf einen Blick darauf und sagte: »Ein Kakadu mit Metalldetektor.« Da sieht man den Unterschied zwischen passender und poetischer Wahrnehmung. Der Katzenpfau erzählt keine Geschichte, aber der Kakadu, wie lange ist er schon auf der Suche nach Wertgegenständen am Strand, wie groß seine Geduld und Konzentration ...
(Dezember 2016)

Sie finden »Worte für die Elster auf dem Galgen«, Sie mögen Joseph Cornell, zu einem Gemälde von de Kooning haben Sie ein Gedicht geschrieben – was zieht Ihr Auge an: Details, ungewöhnliche Kombinationen, die explosive Farbe?
Insula Dulcamara von Paul Klee aus dem Jahr 1938 ist bemerkenswert, weil es heute so aussieht wie die pixelige Farb- oder Bildkorrektur bei bestimmten Kompressionsverfahren (JPEG?). Auch bei *Zerbrochener Schlüssel* aus demselben Jahr

sieht man den Effekt. – Ähnlich interessant Édouard Vuillards *Der Heuhaufen* von 1907, das drei sitzende Figuren vor einem Heuhaufen zeigt, der gemalt ist in einer stark an Pollock und andere spätere Maler erinnernden Kleckserei. Drei Menschen ruhen vor der (damaligen) Zukunft der Malerei aus. Noch sind sie die Hauptsache. Aber das, was kommt, ihre Auflösung in Farbflecken und Chaos, wartet schon riesig getürmt hinter ihnen.
(November 2016)

Konrad Bayer legte eine »vaterländische liste« an, in diese Tradition – Literatur, Musik, bildende Kunst, Architektur – wollte er sich stellen. Wie sähe Ihre Liste aus?
Werke, aus denen man Deutsch lernt. *Vom Gehen im Eis* von Werner Herzog. Büchner. Die *Kalendergeschichten* von Johann Peter Hebel. Die *Tischreden* von Martin Luther, auch seine Bibelübersetzung, vor allem das Buch Hiob, bist du narrisch. Oh, und auch *Die Stunde der wahren Empfindung* und *Das Gewicht der Welt*. Dann Barock, Spee, Opitz, Gryphius, Johann Beer, der knödelige Grimmelshausen, Johann Klaj, muss man einfach alles laut sprechen und sich dran besaufen. Kracht, Sebald, Arno Schmidt, Stifter. Josef Winkler, Arno Holz, Artmann. Natürlich *der kopf des vitus bering* und *der sechste sinn*. Yoko Tawada, Oswald Egger. Sogar manches bei Grass und Achternbusch, lang vergessene Satzmelodien und knapper Binnenschwänzeltanz gewisser Satzteile im alten Volkston. Das Grimm'sche Wörterbuch. @KurtProedel auf Twitter. Und Google Translate, als eine Art Ecstasy für das eigene Deutsch, wenn sonst gar nichts zündet.
(März 2017)

Ab und zu machen Sie Ausflüge in andere Epochen, Sie erzählen Till Eulenspiegel neu, schummeln einen Setz in

Hebels *Kalendergeschichten* ... Welche Epoche ist Ihnen besonders nahe? In welche würden Sie gern kurz schlüpfen?

Auf einem Gemälde von Jean Pierre Norblin de la Gourdaine aus dem Jahr 1793 sieht man die Hinrichtung der Mitglieder der sogenannten »Konföderation von Targowica«, einer seltsamen und dunklen Episode aus der polnischen Geschichte. Es handelt sich allerdings nicht um eine echte Hinrichtung, sondern eine *in effigie*: Auf dem Galgen ist lediglich das Gemälde des Verurteilten aufgehängt, ein zweites wird gerade von einem Handlanger über eine Leiter hinaufgebracht. Wer malte diese kleinen In-effigie-Gemälde? Norblin selbst? Vorstellung eines eigenen Berufsstands, des In-effigie-Malers. Es sollte unbedingt einen Roman geben aus der Sicht eines solchen, spielend im 18. Jahrhundert. Der In-effigie-Maler erhält immer dann einen Auftrag, wenn ein politischer Straftäter hingerichtet werden soll, aber von den Behörden nicht auffindbar ist. Dann muss er genau rekonstruieren, wie der Verurteilte ausgesehen hat. In Zweifelsfällen besucht er dessen Verwandte und studiert deren Gesichtszüge, verliebt sich, usw. Dazu seine tragische Position als Künstler, weil seine Werke immer gleich zerstört werden. Er malt fürs Feuer. Parabel auf alles Mögliche, usw., bla. Alles im Stil von *Das Parfum*. Bestseller. Cover mit Zoomausschnitt aus altem Gemälde. (Juni 2017)

Till Eulenspiegel treibt grobe Scherze mit Mensch und Tier, seine Schlauheit kann ihm keiner absprechen, seine Grausamkeit allerdings auch nicht. Sie nennen ihn die »freieste Figur der deutschen Literatur«. Wer käme ihm am nächsten?

Ein zweites Tagebuch aus dem Dreißigjährigen Krieg gelesen. Es wurde von dem Söldner Peter Hagendorf geschrieben. Ein rauer Kerl. Er zieht für einige Jahre umher, verdingt sich in

Schlachten, streift Geld ein, heiratet zweimal, seine Frauen folgen immer zu Fuß seiner Kompanie, meist schwanger. Seine Kinder sterben ihm jedes Mal nach wenigen Tagen weg, er nennt ihre Namen und empfiehlt ihre Seelen dem Himmel. Er verzeichnet Schlachten und Hinrichtungen. Eines Tages wird ein Söldner mitsamt seinem Pferd verbrannt, weil er mit diesem Unzucht getrieben hat. Daneben fallen dem Hagendorf prächtige Weingegenden auf. Eine große alte Mühle beschäftigt ihn lange. Überhaupt erwähnt er recht oft, dass irgendetwas sehr schön sei. In das meiste, an dem er vorbeikommt, dringt er ein, es ist alles für ihn da. Kinder, Frauen, Blut – das alles bleibt zurück als Hobelspäne der großen Schnitzarbeit. Nur ein einziges Mal gibt er zu, dass er große Angst hat, und da sind es keine Menschen, sondern eine Vielzahl Schafe, vor denen er sich fürchtet: »da habe Ich In Waldt schaffe antroffen, die haben wir fordtgetrieben wie wir sie auff der eben gebrach, haben sie anfangen schreigen vndt blegken, da sindt alle die schaffe, die es gehöret aus dem walt zugelaufen, Also das auff 2000 schaffe zusammenkommen sind das mir angst vndt bange gewessen Ist, doch sindt wir den leger [Lager] zu Alda hat das gansse lehger, schaffe gnug gehabt, Ich fuhr meine perschon, habe .2. genommen, vndt geschlagtet.« Eine merkwürdige Stelle ist auch die Erwähnung der Bauern »so vnter der erden sindt«, die Hagedorfs Frau, als diese einmal einen Eimer in einen Brunnen hinabließ, das Seil durchschnitten.
(Dezember 2016)

Was wären »eulenspieglerische Möglichkeiten« in einem selbst, die auflodern können (oder besser nicht)?
Ich hatte heute während eines Spaziergangs grelle Mordfantasien und war in der Hälfte der üblichen Zeit am Ziel. Amoklauf-Höhenluft im ganzen Bezirk, aber ich hab nur Münzen in der Tasche.

Laut und großzügig furzen im Zug, weil alle anderen Reisenden Kopfhörer tragen.
Einem Bettler in der U-Bahn-Station die Flöte aus der Hand nehmen, ihm damit über den Kopf hauen und sagen: »Dummerle!«
(Dezember 2015)

Sie beschreiben sich einmal als »Verfasser von kurzen Texten/mit viel Sinn für das Vergehen der Zeit«. So sehen Sie sich?
Clemens Setz was an ordinary man – until one day he was bitten by a radioactive waterbear. Now he is fighting crime and loneliness as THE AMAZING TARDIGRADE.
(Juni 2015)

Sie haben einen besonderen Sinn für Ungleichzeitigkeiten: Redensarten bezeichnen Sie als »in der Zeit steckengeblieben«, Klassiker stehen über der Zeit, in Zeitkapseln überlebt die Gegenwart …
Ein Gedicht des griechischen Dichters Kavafis geht mir nicht mehr aus dem Kopf, es heißt *Simeon*. Darin spricht ein junger Syrer aus der Mitte des 5. Jahrhunderts n. Chr. mit einem Kollegen. Literaturbetrieb-Smalltalk über andere Dichter und deren Bedeutung. Aber dann sagt der junge Dichter, er habe heute irgendwie nicht den rechten Kopf für solche Betrachtungen, denn er sei bei Simeon, dem Styliten gewesen, da wo immer die ganzen Christen stehen und beten. Dort habe ihn die Einsicht überfallen, dass dieser Heilige bereits seit fünfunddreißig Jahren auf seiner Säule hocke, länger also als er, der junge Dichter, und auch sein Kollege überhaupt auf der Welt seien! »Und seitdem weilte er dort oben vor Gott.« Ich erinnere mich an einen Zeitschriftenstapel im Wohnzimmer meiner Mutter, von dem jede Ausgabe älter war als ich. Auch

das ein Turm, eine Säule. Das, was uns zeitlich, aber zusammengeballt in eine räumliche Struktur, überragt, verschlägt uns mit Recht die Sprache. Simeon auf seiner Säule ist das Eigentliche. Seine Aufgabe ist es, zu widerlegen, was unter ihm auf der Erde Stellung bezieht und sich seine begrenzten Gedanken macht. Euch gibt es gar nicht, sagt er. Kavafis schrieb auch einen kurzen Essay über den heiligen Styliten. Darin hält er fest, dass Simeon der einzige Mensch war, der es »gewagt hat, wirklich *allein* zu sein«.
(Mai 2017)

In das Feld der Ungleichzeitigkeiten gehört auch Ihr Traum von der Ermordung John F. Kennedys: Zwischen den beiden Schüssen ist er für Sie »eigentlich schon ein Toter, der zu einer Lebenden sprechen will, und sie beide sitzen auf dem Rücksitz eines Wagens, obwohl sie in Wirklichkeit Millionen Kilometer voneinander entfernt sind«.
Tomas Tranströmer nennt das Sterben »sich in Horizont verwandeln«.
(Februar 2012)

»Dieses unbegreifliche und tödliche Element ..., in dem ich gezwungen bin, mich zu bewegen: die ablaufende Zeit.«
Die Richtung der Zeit ist die Richtung der Entropie, der Verlust von Ordnung. Wir Lebewesen nehmen die Entropie als die natürliche Richtung wahr. Unser ganzes Dasein, unser Selbstgefühl und Gespür für die Umwelt, all das ist in seiner Essenz dieses Balancierspiel der Ordnung, die kostbar ist und schnell vergehen kann. Die Ordnung nimmt immer lieber ab, sie muss bewahrt werden. Eine Schüssel, die zu Boden fällt, zerbricht in viele Teile, aber viele Teile fügen sich niemals spontan zu einer Schüssel zusammen. Dies ist, worüber wir

sprechen, wenn wir über Zeit sprechen. Erinnerung, Bewusstsein, Kausalität, und so weiter. – Aber könnte etwas existieren, das in der Gegenrichtung lebt? Aber »Leben« wäre schon ein zu entropischer Begriff. Sagen wir: eine kohärente Anwesenheit, die das Universum in ständigem Entropieverlust sieht. Diese Anwesenheit würde nur immer Zunahme von Ordnung sehen, sie wäre der langweilige Normalfall, hingegen die kurzen Augenblicke von Chaos (die immer gleich wieder weggefegt würden) wären das Kostbare, die Ausnahme. Müsste Gott nicht eigentlich so gedacht werden? Seine sagenhafte Indifferenz und seine Grausamkeit wären so zumindest erklärbar. Er nimmt uns vielleicht einfach in der falschen Zeitpfeilrichtung wahr.
(Juni 2014)

Möchten Sie manchmal die Zeit anhalten?
Wie fühlte sich die Welt an, als es noch keine Zeitlupe gab? Diese Frage stellte ich mir erst, als ich eines Tages durch Zufall herausfand, dass die Zeitlupe vor mehr als hundert Jahren in meiner Heimatstadt Graz erfunden wurde. Verantwortlich für dieses große General-Update der Wirklichkeit war ein technisch hochbegabter, katholischer Priester namens August Musger, der 1908 das Konzept und sogar den ersten Prototypen einer Zeitlupen-Filmkamera entwickelte. Kurz darauf ging ihm das Geld aus, und ein anderer, ein gewisser Lehmann, kaufte das Patent und baute, ohne Musger als Erfinder zu nennen, eine leicht modifizierte Form der Kamera. Musgers originaler »Serienapparat mit Spiegelrad«, also die allererste Vorrichtung überhaupt, mit der man die Geschehnisse auf der Erde verlangsamen konnte, ging leider verloren.
Vor einigen Jahren hörte ich die – vermutlich etwas romantisierende – Geschichte, dass Musger, der ein tief religiöser Mensch war, Filmaufnahmen als eine Art Feier der Schöpfung ansah, und er kam angeblich auf die Idee der Zeitlupe, weil

er sich überlegte, dass man durch sie noch mehr vom Wirken Gottes auf Erden erblicken könnte, all die Mysterien, die für das Menschenauge zu flüchtig sind. Seine Erfindung ermöglicht uns heute, die Welt bei Bedarf so zu sehen wie Fliegen, als fast auf der Stelle tretende Erdenminute, die Jahre dauert. Und dabei vergisst man schnell, dass es einmal eine Zeit ohne Zeitlupe gegeben haben muss. Aber das ist praktisch unvorstellbar. Heute gehört Zeitlupe als Konzept ganz selbstverständlich in unser alltägliches Verhältnis zu unserer Umgebung. Wie fühlte es sich an, sie zum ersten Mal zu *denken*?
August Musger ist so gut wie vergessen. Seine steinerne Statue steht heute neben der Grazer Burg, dem Sitz der Steirischen Landesregierung, in einem kleinen versteckten Garten, zusammen mit den Figuren anderer »berühmter« Grazer, die freilich heute auch mehr oder weniger vergessen sind. Ich entdeckte sie durch Zufall eines Tages, als ich dort spazieren ging. Gerade dem Erfinder der Zeitlupe hätte man ein anderes Denkmal gewünscht als eine steinerne, für alle Zeiten unbewegliche Figur, die jahrein, jahraus auf dieselbe Mauerecke starrt. Sein Statuenkopf ist riesengroß und kürbisförmig. Seine Augen sind wahnsinnige Kugeln mit eingemeißelten Löchern. Man kann sich gut vorstellen, dass aus ihnen Laserstrahlen kommen, die den Betrachter zu Asche verbrennen.
Ist August Musger nun von der Erde verschwunden oder nicht? Im Grunde ist er ja nicht aus ihr wegzudenken, denn ein einzelner Gedanke, der einst in seinem Kopf entstand, lebt, unendlich vervielfacht, unter uns weiter. Kann man sagen, dass er sich in seine Erfindung verwandelt hat, so wie auch der göttliche Erfinder des Schachspiels, wer immer er gewesen sein mag? Verwandelte sich der Erfinder in das Konzept selbst, oder gar in diejenigen, die es hochhalten und anwenden und immer noch bezaubernd schön finden – so wie W. H. Auden in seiner Elegie auf den Tod von William Butler Yeats schrieb: »He became his admirers«? Bestimmt sind diese Fragen alle falsch gestellt. Konzepte haben ja ihr Eigenleben,

könnte man sagen, sie leben eine Zeit lang in Wirtsgehirnen und pflanzen sich unter ihnen fort.
Am meisten erinnert das Verschwinden August Musgers an den ganz allgemeinen, natürlichen Vorgang des Sterbens. Ein Körper hört auf zu funktionieren, wird in die Erde gelegt und zerfällt dort in seine Einzelteile. Er löst sich auf, und die Moleküle gehen andere Verbindungen ein. Pflanzen und kleine Tiere haben etwas von ihm, einige Atome steigen auf und fallen irgendwo anders als Regen nieder. So wie die unsterbliche Erfindung August Musgers als Idee und Bauplan die Welt erfasste, werden die Restatome meines zu Lebzeiten technisch minder begabten Körpers langsam dieselbe Welt erfassen, bloß unsichtbar für die Lebenden und in kaum signifikanten Dosierungen. Fast möchte man, angesichts dieser kleinen Fantasie, annehmen, dass uns allen, im Grunde, ja gar nichts passieren kann. Und doch bleibt die Todesangst immer gleich grell, gleich laut. Wo liegt also der Fehler?
(Juli 2013)

Sie zitieren öfter Dantes »nel mezzo del cammin« – was verbinden Sie mit der Mitte des Lebens?
Ein in den Armen seiner Mutter liegendes Baby schaute, vielleicht zum ersten Mal in seinem Leben, einem dunkelblauen Auto beim langsamen Einparken zu.
(Januar 2015)

Und was mit dem Ende, dem Tod?
Mittelalterliche Holzschnitte. Auf ihnen ist mir der Tod so nahe wie sonst in keiner Kunstform. Ein paar druckbuchstabengroße, von einem Kirchtürmchen aufsteigende Vögel. Menschen wie in die Landschaft gestellte Kerzen. Die traurigen Erwachsenengesichter der Kinder. Es ist eine Welt, wenige Augenblicke vor der kompletten Auslöschung. Fotonegative

der menschlichen Seele. Woher mögen sie gekommen sein? Vielleicht war es der Winter in Europa, der irgendjemanden auf die Idee eines Holzschnitts gebracht hat, die erfrorenen Dörfer, die Eisbäche und Krähen, die Dächer, die nahtlos in den weißen Himmel übergingen, die Brunnen, die man aufhacken musste, das harte, unerträgliche Leben. Menschen, aus der afrikanischen Ebene kommend, hatten in diesem Klima nichts verloren und blieben doch für Jahrtausende hier. Vor Holzschnitten kommen dem Betrachter sofort die alten Geschichten in den Sinn: die in einem Fass eingesperrten und im Frühjahr außerhalb der Stadt begrabenen Soldaten, die erst im Herbst auftreiben werden wie Pilze im Wald. Der Winter, den man in Verkleidungen aus den Bäumen jagt und aus den Gärten, die Perchten und Krampusfiguren, die mit Weihwasser besprengten Stöcke, mit denen am Martinstag die abgestorbenen Nadelbäume von den Pfeilen des Hl. Sebastian befreit werden. Ja, bestimmt war's der Winter in Europa, der uns einst auf die Idee von Holzschnitten brachte. Diese knochenweißen Landschaften, wo immer ein paar Figuren unterwegs sind, Pilger vielleicht, oder Besucher eines Galgens, eine Frau, die zusammen mit einer Katze oder einem Hahn in einen Sack genäht wird. Ein Sünder wird in ein Tuch gelegt, so bleich wie er selbst. Ein Reiter verschmilzt mit seinem Pferd. Und Kinder mit alten Ratsherrengesichtern wachsen auf mit den Sieben Todsünden als Streugut unter dem Bett. Von allen *bildgebenden Verfahren* entspricht uns der Holzschnitt immer noch am meisten. In alten Bauernkalendern haben alle Gesichter zwei sanfte Kuhaugen, Falten in den Mundwinkeln, und ihr Blick geht immer seitwärts. Und der Bischof ist größer als seine Kirche. Seine segnende kleine Hand hält den fuchsgroßen Teufel ab, die neu errichtete Pestsäule anzusehen oder zu berühren. Narrenkappen. Jongleure. Seuchenkranke. Gott als bärtiges Mühlrad in den Wolken. Und die weiße Sonne rollt auf den Hügeln, während die fast durchsichtigen Bauern ihren Pflug über den Acker ziehen, auf dem

sonntags die toten Gerippe tanzen. Da stehen die Geräderten, als schief in den Horizont eingeschlagene Nägel. – In einem Buch über alte Holzschnitte fand ich einmal eine Darstellung eines erhängten Wolfs. An einem hellweißen, aus nur ganz wenigen Strichen bestehenden Tag vor gut sechshundert Jahren umstehen ihn die Bauern mit Frauen und Knechten, bis heute. Ein Fest wie dieses kommt nie mehr wieder: Eine kleine Kapelle spielt, ein Händler verkauft etwas, das wie Perlenketten aussieht, und ein paar Kinder laufen ihren Spielreifen mit gezückten Stöckchen nach, hundertjährigen Krieg in den Augen, Läuse und Psalmen im Haar. »Holzschnitt«, so lautet der Vorname des Todes. Wer immer damals, Mitte des fünfzehnten Jahrhunderts, auf die Idee verfiel, aus der Welt diesen einen Holzschnitt zu machen, diesen glücklichen Tanz um den erhängten Wolf, wurde inzwischen gewiss gesegnet. Gott muss sein ältester Freund sein. Sie sprechen dieselbe Sprache und tauschen im Traum oft Knochen und Brandopfer aus. Sein Herz ist ein frischer Reisigbesen. Er spricht durch Krähenflüge und Januarfröste zu uns. Und das ist alles, was ich von ihm weiß, dem allerseltsamsten meiner Vorfahren.
(Januar 2014)

Die Todesangst gehört zum Ende des Lebens, welche Angst steht am Anfang?

Meine Verwandlungsangst als Kind. Da ich sie nur aus sonderbaren Illustrationen kannte, fürchtete ich mich vor Chinesen (eigentlich vor allen Asiaten), aber besonders ängstigte mich die Vorstellung, mich spontan in einen zu verwandeln. Es gab eine Folge der populären »Erzähl mir was«-Hörspielkassettenreihe (die vermutlich den wichtigsten Einfluss auf meine sprachliche Entwicklung hatte), in der es um eine riesige Ratte ging, die in einem Tempel erscheint. Ein junger Novize namens Kami vertreibt die Ratte, indem er Katzen zeichnet. Ich konnte mir das alte japanische Märchen anfangs oft

anhören und mochte es. Bis eines Tages irgendetwas in meinem Gehirn geschah und ich auf einmal schreckliche Angst vor den asiatischen Gesichtszügen und der Geschichte bekam. Dieses verzögerte Grauen trat während meiner ganzen Kindheit immer wieder auf. »Ich bin der Kami, ich bin der Kami«, weinte ich, meine Mutter konnte mich kaum beruhigen. Ich malte das Cover der Kassette mit schwarzen Ölkreiden »unsichtbar«. Danach waren monatelang meine Einschlafängste mit der Vorstellung verbunden, dass aus mir ein Asiate wurde, dass meine Gesichtszüge sich veränderten. – Es gab auch ein Buch mit Illustrationen zu einigen europäischen Märchen. Diese liebte ich, da die Bilder etwas grotesk und witzig waren. Aber eines Tages schaute ich sie an und bekam eine Panikattacke. Meine Mutter musste das Buch weit oben, außer Reichweite, in einen Schrank legen. Bis heute sind sie mir unbegreiflich, diese Umschwünge, die tatsächlich keiner inhaltlichen Logik entsprachen, sondern sich mehr wie spontane Veränderungen meiner Gehirnchemie ereigneten (und vielleicht genau das waren). – Was sagt mir, dass ich sie nicht heute auch noch habe? Möglicherweise ereignen sie sich in einem weniger auffälligen, weniger dicht besiedelten Gebiet meines Bewusstseins, und ich bemerke sie nicht.
(Juni 2013)

Ihre Figuren denken an Eselsflanken, wenn sie sich beruhigen wollen, oder an bestimmte Worte, sie werden süchtig nach Brettspielen und ASMR-Videos – was hilft noch?
Ein Kunstprojekt mit 10000 nassen Kontaktlinsen auf dem Museumboden. Besucher laufen darüber, während sie Gemälde anschauen, beruhigendes Geräusch.
(September 2015)

»Ich finde meine Geschichten durchaus hoffnungsvoll und hell und freundlich. Auch zum Lachen« – stört es Sie, wenn man Ihren Witz nicht erkennt?
Ich war ein fußballgroßer Fledermauskopf, der nur nach unten blicken konnte. Links und rechts ragten keilförmige Stücke aus meinen Schläfen, wie bei einem Amboss. So hopste ich umher, über eine Brücke, über die Ufersteine eines Baches, über die Türmatten kaum bewohnter, minzig-flaschengrüner Vorstadthäuser. Selbst nach dem Erwachen hielt das Gefühl von Gnade und Vollkommenheit noch eine Weile an.
(August 2014)

In Ihren Texten findet sich eine ganze Menge ausgesetzter, verlassener oder abhandengekommener Kinder. Über einen Jungen, der nach Jahren wieder auftaucht, an derselben Stelle, in derselben Kleidung heißt es: »Von seiner Familie befreit, ist er durch die Welt geschwebt.« Welche guten Gründe gäbe es, sich von seiner Familie befreit zu fühlen?
Gesehen: ein Vater mit zwei kleinen Söhnen im Flugzeug. Nachdem es in Frankfurt gelandet war, verbot er den Söhnen, mit den anderen Passagieren aufzustehen und sich in die Schlange zu stellen. »Setz dich hin, hab ich gesagt! Wir steigen nicht aus. Marcel! Setz dich hin!« Wir anderen durften unsere Koffer aus der Gepäckablage nehmen, aber die Söhne mussten sitzen bleiben. Ihre reglosen Hinterköpfe. Ich stellte mir, schon im Bus sitzend, vor (von dem Vater und seinen Kindern noch immer keine Spur), dass die Flugbegleiterin ihn nach einer Weile auffordern würde, bitte nun das Flugzeug zu verlassen, und dass er einen Streit mit ihr anfängt, weil sie nichts zu sagen hat in der Erziehung seiner Söhne! Und dass er es, durch die Intensität seiner Verzweiflung mit besonderer Überzeugungskraft ausgestattet, sogar so weit bringt, dass ihnen erlaubt wird, über Nacht eisern sitzen zu

bleiben, er und seine zwei Buben, im stockdunklen Flugzeug auf der Außenposition, bis zum nächsten Morgen, wo man es für den ersten Regionalflug des Tages wieder benötigt. Damit sie es lernen. Damit sie es endlich lernen, dass man nicht zu früh aufsteht im Flugzeug! Ob sie ihn denn umbringen wollten, hm? Setz dich hin, schreit er immer wieder, setz dich verdammt noch mal wieder hin, du geisteskranke Sau! Und er beginnt, sich Dinge einzubilden, mitten in der Nacht. Er redet und redet, erklärt Systeme und Verschwörungen gegen ihn, mit dem in jedem Augenblick der Wut ängstlich aufquellenden Gesicht des kleinen Jungen aus dem kleinen Kärntner Dorf, wo er geboren wurde, im Jahr 1953, ah, stopp, stopp, stopp ...
(Oktober 2015)

Hatte Ivy Compton-Burnett den erbarmungslosesten Blick auf die »unfreiwillig in ihre sonderbaren Familiengebilde aufgeteilte Menschheit«?
Ivy Compton-Burnett und Edward Gorey am selben Tag gelesen, die beiden besten Köpfe, die je usw. etc. Ich muss mich echt mehr anstrengen.
(Oktober 2011)

Was fällt Ihnen zu folgenden Begriffen, die erstaunlich oft vorkommen, ein:
Gänsehaut?
Als ich in der Straßenbahn ein Ticket kaufen wollte, lag da schon eines auf dem Bankomatkartenmodul, das noch eine Stunde gültig war. Ich nahm es und setzte mich hin. Nach einer Weile stellte sich die Fantasie ein, jemand, der in der Bevölkerung die Pocken verbreiten will, hätte ein infiziertes Ticket hingelegt und die anderen Passagiere wären zu klug und zu street-smart gewesen, um es zu berühren. Ich bemerkte,

wie ich, diese Gedanken wälzend, das Ticket in meinen Fingern zu reiben begann. Schließlich schob ich es mir sogar unter die Armbanduhr.
(April 2015)

Ballon?
Ein Heliumballon, zwei Tage alt, treibt durch den Raum, mit einem Ausdruck, als wollte er sagen: *Irgendwas ist mit mir.* Nach einer Weile gelangt er zum Bücherregal und legt sich an die Buchrücken, als könnte von dort Hilfe kommen. Die Bewegungen der durchs Zimmer gehenden Menschen, die ihn zwischendurch ganz vergessen, treiben ihn immer ein wenig weiter. Die Katze meidet ihn, da seine schon etwas schrumpelnde Oberfläche ihrem Fell nicht guttut. Er ist ganz allein mit sich und dem unbegreiflichen Formverlust. Als das Fenster aufgemacht wird, flüchtet er davor, der Luftzug wirft ihn ins Nebenzimmer. Dort lauscht er jetzt, in scheinbar schmerzlosem Neuanfang, an der Wand.
(April 2013)

Zehen?
Nach einem langen, ausschließlich auf Flughäfen verbrachten Tag: die Sehnsucht, den eigenen nackten Fuß zu betrachten. Die kecke Lebensfreude der Zehen, den strengen, gerunzelten Ausdruck der Sohlen, das Radiergummistück der Hornhaut.
(Juli 2011)

Sie haben das Spiel »Paare teilen« erfunden. Welche Paare hätten das nie und nimmer verdient?
Mit dem Bus raus aus Triest und zum Schloss Miramare. Kleine Strände, die alle abgesperrt sind, weil Naturschutzgebiet.

In dem unbetretbaren Bereich baden Tauben in kleinen Tümpeln. Auch Enten und Möwen sind da. Im Schloss Miramare wohnte der Kaiser von Mexiko, Maximilian I., österreichischer Erzherzog, mit seiner Frau Charlotte. Wie man vom Audioguide erfährt, sind alle seine Gemächer mit seinen Emblemen verziert: der Ananas, dem Anker und noch was Drittem, was mir gerade entfallen ist. Es ist aber egal, denn wirklich wichtig ist nur die Ananas. Alles ist hier Ananas, die Luster, die Tapeten, auch in Gemälden kommen sie vor. Ananasmuster auf der ehelichen Bettdecke. Es ist ein Wunder, dass in der hauseigenen Kapelle keine Ananas anstelle der Christusfigur dasteht und strahlt. Ananas Ananas Ananas. Maximilian muss dieses gefiederte Obst sehr geliebt haben. Man sieht ihn vor sich, wie er eines Tages aufwacht und ruft: »Meine Frau soll von Ananas umgeben sein!« Selbst in der Bibliothek lümmeln Ananasfrüchte herum. Der erste Stock dagegen – erschreckend ananasarm. Nur auf einer Tapete sind ein paar zu sehen. Sonst wurde hier offenbar alles ins Museale verändert, eine Schande. Auf einem Schild Zitate aus den Reiseberichten Maximilians, darunter folgende rätselhafte Szene: »In the shelter of the big face (...) there were slave traders richly dressed in Turkish style.« – Draußen eine tote Qualle im Wasser, daneben eine lebende. Sie pulsiert langsam, gedankenlose Membran, in Richtung Kaimauer. Kommt näher. Näher. Bumm. Pulsiert noch immer. Dreht nicht um, obwohl Kopf an Mauer. Dummerle. Was für ein unbegreifliches Leben: nur eine dünne Hülle zu sein, gefüllt mit Wasser und vielleicht einigen Gedanken, mehr nicht. Wenn alles Qualle wäre, die Erde wäre »in Sicherheit«, denke ich, in heiterem Dämmerschlaf. Nichts hat so sehr recht wie eine Qualle. Vermutlich drückt sie ihren Membrankopf immer noch an die Mauer. – Auf einem Steg, der einige Meter ins Meer ragt, steht eine Steinsphinx, die extra ohne Nase erbaut wurde. Man stellt sich Maximilian vor, wie er jeden Tag nach dem Frühstück zu ihr hinausspaziert und ihr eine Frage für den Tag stellt.

Fragen über südamerikanische Politik, über seine Frau, über die Ananas.
(März 2015)

Paare haben ja oft Tiere, reale und erfundene. Was passiert mit den erfundenen bei einer Trennung?
»In dero hello / da ist dot ane tode.« – »In der Hölle, da ist Tod ohne Tod.« (Aus einer althochdeutschen Dichtung, 11. Jhdt., Ostfränkisch)
(Dezember 2012)

»Liebe. Eine mit lauter Eigenschaftswörtern dran: wahr, rein, ewig, unvergänglich, groß« – das kann man nur mehr einer Katze gegenüber sagen, oder?
Traum von Puma, meiner diesen Sommer verstorbenen Katze. Sie und Dodo laufen unterm Schreibtisch herum, so wie früher. Ich wende mich entsetzt an jemanden, der als eine Art Verwaltungspflanze hinter mir im Zimmer steht, und erkläre, dass die eine Katze, die weißgefleckte da, doch eigentlich schon lange tot ist, sie sollte nicht mehr hier sein, sollte nicht mit der anderen Katze spielen. »Hat sie sich verheddert?«, frage ich entsetzt. Man rät mir, ganz ruhig zu bleiben und einfach die Augen zusammenzukneifen, dann werde das Bild unscharf und die tote Katze unsichtbar. Ich versuche es, und es gelingt. Ich sehe nur mehr die lebendige Dodo herumrennen, und das Bild ist herzzerreißend traurig. »Aber jetzt muss ich immer die Augen zusammenkneifen!«, jammere ich. »Das ist doch anstrengend!« – »Sie werden sich daran gewöhnen«, erklärt man mir, und ich stelle fest, dass ich mit zusammengekniffenen Augen auch die Erklärerpflanze nicht erkennen kann.
(Dezember 2012)

Haben Sie Lieblingsbuchstaben?
Zerwehte Kondensstreifen. Kurz nachdem sie das Flugzeug in den Himmel geschrieben hat, glühen sie auf und werden fester, klarer, dann verzerrt sie der Wind, und sie gleichen Stacheldraht. In der letzten Phase vor der Auflösung bekommen sie eine beinahe schriftliche Form, wie die fremdartigen Buchstaben aus dem Voynich-Manuskript. – Dieser Streifen hier sah aus wie die Spur eines rodelnden Rehs. Zuerst rutsch – und dann weiter zu Huf:
(Januar 2016)

Ein prächtiger Himmel übrigens.
Jean Paul in *Leben des vergnügten Schulmeisterlein Maria Wutz:* »Am stillen Himmel wurde zuweilen eine fackelnde Sternschnuppe niedergeworfen, und sie verging wie ein Mensch.« Und Vladimir Nabokov in *Lolita*: »The sun was visible again, burning like a man.« Der Himmel, voller Menschen.
(Mai 2012)

Auch in der Nacht?
Glühwürmchenlarven an einer Höhlendecke locken Beute, indem sie gemeinsam so tun, als wären sie der Sternenhimmel.
(Februar 2017)

Himmel, Ausflug, Rast, Bank ...

Ich war beim Flusskraftwerk Gössendorf, zusammen mit vielen anderen mir fremden Radfahrern, die es als ein Vergnügen ansahen, über die Staumauer zu fahren, um die Mittagszeit an einem Werktag. Später August! Ich nahm die Brille ab und sah die anderen Radfahrer wie bunte Kopien meiner selbst. Jedes unscharfe Gesicht war meines. Gemeinsam bewegten wir uns über die Erdoberfläche. An einer Stelle ging es steil bergab, aber niemand lachte oder blickte sich um. Die meisten trugen Helme. Kleine Gruppen standen am rauschenden Wehr. Das Wasser hat an diesen Stellen fast keinen Auftrieb, heißt es. Ich sah lange hin. So viele Radfahrer! Einer transportierte, wie es schien, eine Menge Körbe in seinem Anhänger. Sie waren braun und sehr hübsch. Der Tag war heiß. Gestern hatte man noch den Mond am Tag gesehen. Von der Mitte der Staumauer konnte man den schnurgeraden Fluss entlang in die Stadt zurückblicken, ein sanftes Jo-Jo-Gefühl. Dort passt irgendwo, dachte ich, der kleine Schlüssel, der jetzt in meiner Tasche liegt, in ein Schloss in einem großen schwarzen Haustor in einer Nebenstraße. Ich könnte auch auf dem Mond sein, er würde immer noch passen. Dinge im Universum, die, Zeiten überdauernd, ineinandergreifen und sich ergänzen. Und vor Jahrhunderten ging hier Johann Gottfried Seume, auf dem Weg nach Syrakus. Ich blieb lange sitzen auf einer Bank zwischen hohen, vor Kurzem von der Stadtverwaltung aufgestellten Schautafeln. »Hirschkäferwiegen«, erläuterte eine Tafel. So nennt man Vorrichtungen, die der Wiedereinbürgerung des Hirschkäfers in unsere Landschaft dienen sollen. Die Sonne schien, keine einzige Wolke am Himmel, nur ein paar Flugzeuge, horizontnah, insektenhaft, wie Reststriche alter Illustrationen. Das weitaus älteste Ding an diesem Ort, so kam mir vor, war das Buch in meiner Anhängetasche, *Waldkrankheiten* von F. Schwerdtfeger, 2. Auflage, aus den Siebzigern. Darin gibt es das Kapitel *Waldtherapie*, aber es ist recht kurz. (August 2014)

Gärten, diese eingegrenzten, abgeschirmten Flecken Natur – was ist an denen interessant?
Gesehen: ein Schneemann, durch dessen Oberkörper, wie forensische Rekonstruktionen von Patronenflugbahnen, einige durch den Garten gespannte Wäscheleinen verlaufen. – Einige Tage darauf: ein Schneemann mit einem Buch auf dem Kopf. Auf dem Buch eine dünne Schneeschicht. Leider stand er zu weit weg, mitten im Garten eines fremden Grundstücks, sodass ich vom Zaun aus nicht erkennen konnte, welches Buch es war.
(Dezember 2012)

Haben Sie je darüber nachgedacht, wie Gärten angelegt sind?
Hauptanfahrt. Parkanlagen. Eisgrube. Hintere Einfahrt in den Hof. Garten für die Pensionäre Erster Classe. Garten für die Normalclasse. Garten für die unruhigen Kranken. Garten für die paralytischen Kranken. Garten für die epileptischen Kranken. Garten für die tobsüchtigen Kranken. Isolirungsgarten für dieselben. Garten zum Festsaal gehörend. Waschhof. Maschinenhof. Höfe. Garten für den dirigierenden Arzt. Ökonomie und Portierwohnung. Garten für den Verwalter. Acker und Gemüsefeld. Brunnen. (Die verschiedenen, nummerierten Abschnitte auf dem Grundriss der vom Architekten Oskar Pichler in den 1860er-Jahren am Stadtrand von Frankfurt a. M. erbauten »Anstalt für Irre und Epileptische«.)
(Januar 2013)

Sie mögen die Tagebücher von Grillparzer (»herrlicher Brummgeist«), die von John Cheever (»so einsam«) – was empfehlen Sie noch?
Das schönste Tagebuch von allen ist das von Jules Renard. Darin findet sich ein Eintrag, der mir ein berühmtes Gedicht,

das ich geglaubt hatte zu verstehen, zum ersten Mal *sichtbar* gemacht hat. Dieses Gedicht ist so dermaßen berühmt, dass man in der Tat viel vergessen muss, um es sehen zu können. Schon in der Schule wird man damit kaputtkonfrontiert. Man bekommt lang und breit erklärt, dass es nicht eigentlich von einem Panther handle, sondern via Symbolismus (einer Art mathematischer Abbildung) von etwas anderem, nämlich von dem allgemeinen Eingesperrtsein des modernen Menschen in sich selbst oder irgendwie so. Dies ist freilich Unsinn. Als wären die absurden Einrichtungen, in denen man wilde Tiere auf engstem Raum gefangen hält, so etwas wie lebende Skulpturen, die in Wahrheit die Einsamkeit der Gefangenenwärter ausdrücken sollen. In den meisten Monografien über Zoologische Gärten kann man übrigens nachlesen, dass anfangs die eingesperrten Tiere vor Übergriffen der Besucher beschützt werden mussten, als im 18. Jahrhundert die ersten europäischen Zoos für die Öffentlichkeit zugänglich wurden. Daraus entstand, in relativ kurzer Zeit, der halb angesehene, halb verachtete Beruf des Zoowärters, der sozusagen zwei Fronten voreinander schützte, wo es Käfigstäbe und Gehegegräben allein vielleicht nicht vermochten. Die meisten Besucher gingen damals davon aus, dass der Sinn einer solchen Einrichtung darin bestand, dass man mit Gegenständen nach den wilden Tieren werfen und sie im Chor verhöhnen konnte. Ich erinnere mich daran, vor Jahren in einer dieser zutiefst deprimierenden historischen Studien in einer Fußnote auf das Beschwerdeschreiben einer Dame aus Wien gestoßen zu sein, in dem diese sich darüber beklagt, dass man ihr am Zooeingang ihren Regenschirm abgenommen habe, weil am Vortag eine Frau mit einem ganz ähnlichen Modell auf eine Giraffe losgegangen sei.

Aber nun zu der Stelle bei Jules Renard. Dieser wunderbare Mensch sah mit hoher Wahrscheinlichkeit denselben Panther wie der Autor des berühmten Gedichts, Rainer Maria Rilke, an einem Sommertag im Pariser Jardin des Plantes. Renards

Tagebuch ist, neben Rilkes *Aufzeichnungen des Malte Laurids Brigge*, eine große »Schule des Sehens« dieser Epoche, ein Springballspender für die Seele. Auf jeder Seite von Renards Tagebuch finden sich hinreißende Beschreibungen: »Der Baum bewegt sich wie eine Giraffe, die im Stehen schläft.« Oder: »Eine Unterschrift, so elegant wie der Peitschenriemen eines Kutschers aus vornehmem Haus.« Oder: »Bäume, die so niedrig sind, dass die Blätter ihren Schatten am Boden streicheln können.« Und man beachte den fuchsschlauen Endvergleich in folgender Überlegung: »Wir sollten nicht glauben, die Faulheit sei unfruchtbar. Man lebt darin sehr intensiv wie ein Hase, der lauscht.« Es ist eine verstörend-beglückende Koinzidenz, dass gerade die beiden Meister des poetischen Vergleichs, Rilke und Renard, dasselbe Tier betrachteten. Am 8. Juni 1898 schreibt Renard also in sein Tagebuch: »Mir tun die Augen weh, wenn er so rastlos hinter seinen Gitterstäben auf und ab geht.« Zwischen dem Gedicht von Rilke und diesem Tagebucheintrag liegen vier Jahre. Vier (und noch viel mehr) Jahre aus quälend engräumigen Pantherbewegungen hinter Gittern. Ich muss zugeben, dass ich etwas enttäuscht war, als ich Renards Beschreibung des Panthers las. Ihm tun die Augen weh, schreibt er. Vermutlich aus Mitleid? Hm, okay. Besonders originell ist das nicht.
Aber dann fand ich im Internet einen kleinen Artikel über die Entdeckung einer Postkarte aus der Zeit der Jahrhundertwende. Auf ihr sieht man einen gefleckten Leoparden, daneben die Aufschrift: *Paris – Jardin des Plantes – La Panthère*. Das muss er gewesen sein. Er war gar nicht schwarz! Natürlich, das erklärt nun auch die schmerzenden Augen von Jules Renard: Das gelb-schwarz gefleckte Tier flimmerte einfach zu stark, als es hinter den Stäben auf und ab lief. Das Moirémuster der Gefangenschaft und des beginnenden Wahnsinns. Warum sollten Renard auch aus Mitleid ausgerechnet die Augen wehtun? Dies macht seine Zeile natürlich um einiges kälter. Aber nun ist zumindest die visuelle Psychologie des Rilke-Gedichts

deutlich, das Bild endlich scharf gestellt: Warum sollten dem Betrachter auch sonst als Erstes gerade die Stäbe auffallen? Das Flimmern des auf und ab schweifenden Tieres machte sie erst sichtbar, in ihrer unnatürlichen hyperrealen Strenge. Wäre der Panther vollkommen schwarz gewesen, seine Bewegungen hätten die Stäbe verschluckt. Wer weiß, am Ende hätte man ihn vielleicht sogar einfach übersehen.
(Mai 2013)

»Ich schlief ein und träumte von einer Welt, in der es nur große, einfache Dinge gab ... Kleine, komplizierte Dinge wie Bücher, Radiowecker oder Armbanduhren waren verboten.«

Stimmt schon, man denkt tatsächlich ganz anders über große Dinge wie Musik und Religion nach, wenn draußen Schnee fällt. Aber was, wenn der Schnee schon immer eine andere Farbe gehabt hätte, z. B. dunkelgrün? Welche Begriffe von Zeit und Dasein hätte ich dann? Und welchen Begriff von Zeit hätte ich, wäre ich schon mit einem Tinnitus auf die Welt gekommen? Hätte ich dasselbe Verhältnis zu meiner eigenen Sterblichkeit, wenn Exkremente für mich gar keinen Geruch besäßen? Wenn alle Menschen in meinem Kulturkreis,

Männer wie Frauen, sich in der Öffentlichkeit ausnahmslos immer falsche Bärte anklebten, welches Konzept von Zusammenhang und Kohärenz wäre mir dann mitgegeben? Und hätte ich dasselbe Empfinden von Mitleid und Trauer, wenn für gewöhnlich alle Gegenstände, die man ins Wasser legt, mit einem Schlag unsichtbar würden? Wie würden unsere Philosophien aussehen, wenn Knochen sich genauso schnell im Erdreich auflösten wie alles andere vom Menschen? Und wie, wenn alle Männer rot-grün- und alle Frauen blau-gelbfarbenblind auf die Welt kämen?
(Januar 2013)

»Frequenzen, das ist der Schlüssel.« Inwiefern?
»*Stille. Ich höre mein Ohr.*« So schreibt Jules Renard in seinem Journal, meinem liebsten Reisebegleitbuch. Oft fragt man mich: *Hörst du beim Schreiben gern Musik? Oder bevorzugst du Stille?* Um das Gespräch nicht gleich auf eine allzu existenzielle Schiene umzuleiten, vermeide ich es meist zu entgegnen, dass es Stille für mich ja gar nicht mehr gibt. Schon mein halbes Leben lang habe ich einen Tinnitus. Anfangs war es eine über ein Jahr immer wieder aufflammende Ohrenentzündung, die diesen Ton erzeugte, dann gewöhnte sich, so zumindest scheint es mir, mein Gehörzentrum an den störenden Ton und reproduziert ihn seither in einem Bereich, der genau *zwischen* dem der realen akustischen Wahrnehmung und dem der reinen Erinnerung an Töne liegt. Dieser seltsame Grenzbereich wird immer dann aktiviert, wenn man einen starken Ohrwurm von einem Lied hat und dann durch ein kurzes Rascheln oder Rauschen die Illusion bekommt, Fetzen des lästigen Ohrwurmliedes tatsächlich zu hören. Vladimir Nabokov hörte oft Reste von kurz zuvor geführten Telefongesprächen im Zischen einer aufgedrehten Wasserleitung. Aber egal wie er entstanden ist und wo genau er sich eingenistet hat, mein Tinnitus ist hier, und wird nicht mehr weggehen.

Er stört mich allerdings auch nicht mehr, ich nehme ihn so wahr wie all die anderen Eigengeräusche des menschlichen Körpers. Diesen Punkt zu erreichen, dauerte natürlich sehr lange, in den ersten Jahren war ich einige Male dem Selbstmord nahe. Obwohl es mir heute nicht mehr wichtig ist, den Dauerton zum Verschwinden zu bringen, ist mein Interesse an Heilungsmöglichkeiten noch immer da, einfach als *alte Gewohnheit*. Vor einigen Jahren erzählte mir jemand zum ersten Mal von der Tinnitusbehandlung durch White Noise. Das ist ein einfaches weißes Rauschen, etwas grell, aber durchaus genießbar, das man sich über einen Kopfhörer stundenlang anhört. Nach einer Weile wirkt dieses Rauschen ein, wie Salbe. Man nimmt es nicht mehr wahr. Und auch der Tinnitus ist verschwunden. In dieser virtuellen Stille halte ich mich meist auf, wenn ich lange schreibe. Ja, bestimmte Musik hilft auch, aber ich bevorzuge White – oder eigentlich: *Pink* Noise. Dieses wunderbare Rauschen unterscheidet sich vom weißen dadurch, dass man in ihm alle Frequenzen etwa gleich laut wahrnimmt, obwohl sie nicht gleich laut vorhanden sind. Es wirkt außerdem etwas dumpfer und natürlicher (das Rauschen eines Wasserfalls ist zum Beispiel Pink Noise). Nach etwa einer halben Stunde Pink Noise in moderater Lautstärke über einen guten In-Ear-Kopfhörer fühlt man sich wie auf einer Insel, umgeben von akustischer Leere. Und die Stimmen der Figuren, die man sich vorstellt, haben keine andere Wahl, als in den Vordergrund zu treten, sie werden so laut und klar wie im Halbschlaf. – Was wahrscheinlich erklärt, weshalb ich als Teenager, als mich der Dauerton noch jede Nacht in den Wahnsinn trieb, immer eine Hand unter mein Kopfpolster legte und mit dieser langsame Kratz- oder Scharrbewegungen machte, bis ich wegdämmerte in sicherere Zonen ... (Möglicher Werbeslogan: *Pink Noise – ARTIFICIAL SILENCE.*)
(Mai 2013)

Wenig ist lästiger als Ohrwürmer. Was löscht sie wieder?
Sumer is icumen in, das schönste Lied der Welt. Frühling, Vogelruf, Landschaft, und trotzdem ist an keiner Stelle von Gott die Rede. Ein seltener, über die Jahrhunderte blinkend rein gebliebener Glücksfall.
(September 2011)

John Cage hat unser Denken über Musik für immer verändert; Sie haben es so formuliert: Er schuf »Stücke, die durch zufällige Klänge nicht beschädigt, sondern bereichert werden. Für ihn war nicht die Außenwelt eine Unterbrechung, sondern das Kunstwerk. Es unterbricht das Universum beim Vor-sich-Gehen.« Welches Hörerlebnis verbinden Sie damit?
Was ich für den Einsatz einer Geige in einem über Kopfhörer angehörten John-Cage-Stück *(Atlas Eclipticalis)* hielt, war eine Wespe, die hinter meinem Kopf schwebte.
(Juni 2016)

Wenn Sie Musik hören, sind Sie eher auf der Seite der höhepunktlosen Musik – gehört auch die Gregorianik dazu?
Morton Feldman wurde gefragt, weshalb seine Stücke häufig diese enorme Länge besitzen, zwei Stunden, vier Stunden, sechs. »Das ist die Trauer um den Tod von Franz Schubert«, antwortete Feldman.
(Oktober 2016)

Samuel R. Delany halten Sie nicht nur für einen der ungewöhnlichsten Schriftsteller, Sie bescheinigen ihm auch ein »fairly interesting life«. Wie sieht so etwas aus?
Mit dem Rad unterwegs am Reinbacherweg, einem erhöhten Parallelweg zur Wiener Straße, wo wenige Meter entfernt von

den Häusern einer Siedlung einige Züge der ÖBB in schläfriger Ruhe herumstanden. Ihre Türen waren offen, man konnte einsteigen und in den Abteilen umhergehen. Die Waggons befanden sich auf einem Grundstück, das man an normalen Arbeitstagen nicht betreten kann, ohne Angestellten der ÖBB aufzufallen, aber es war Sonntag, und niemand war da. Einen Zaun gab es, aber er umgab das Grundstück nicht an allen Stellen. Ich stieg in den ersten Zug ein und lief ein wenig auf und ab. Ich setzte mich in ein Abteil und schaute hinaus. Ich sah eine schrottplatzartige Lichtung und die Betonfassaden der Siedlung. Als wäre ich mit dem Zug weit in einen verwunschenen Winkel der Stadt eingedrungen, aufgrund eines traumartigen Versehens eines Weichenstellers. Tief unten rauschte, gerade noch wahrnehmbar, der Verkehr der Wiener Straße. Zwei Frauen waren in einer gewissen Entfernung zu sehen, unscharf wie alte Fotografien, sie gingen auf dem verlassenen ÖBB-Gelände spazieren. In einem der Abteile fand ich eine leere Eisteeflasche und kämpfte lange mit dem Impuls, sie zu berühren. Es hätte mich nicht überrascht, wenn sie sich, beim Versuch sie hochzuheben, als tonnenschwer herausgestellt hätte. Eine Fliege befand sich in dem stehenden Zug, ich hätte sie gerne aus der Luft gepflückt und eingesteckt. Reisegeruch. Ich machte Fotos und stand herum, in dem Zwischenreich. Bei unendlich vielen Paralleluniversen muss auch eines existieren, das keine Paralleluniversen hat. Und das ist wahrscheinlich unseres. Komplett geisteskrank. Nach ein paar Minuten stieg ich zurück auf die Erde. Ein Vogel flüchtete vor mir in ein Gebüsch.
(April 2015)

Was würden Sie nie im Leben für Geld tun?

Ein Artikel von Michael Moss in der New York Times über das U.S. Meat Animal Research Center in Nebraska, wo man Kühe und Schweine durch künstliche Erhöhung der Fruchtbarkeit

dazu bringt, massenhaften Nachwuchs zu werfen, den sie dann auf dem engen Raum, der ihnen gegeben ist, erdrücken oder verhungern lassen müssen. Schafe werden (die Experimente laufen seit gut dreißig Jahren) in »easy care sheep« verwandelt, sie gebären offen auf der Weide, ihre Nachkommen sind meist lebensunfähig und grotesk verformt. Lämmer liegen schwach auf den Wiesen, bis sie sterben. Alle Experimente zielen auf die Senkung der Haltungskosten für Tiere. – Nach der Lektüre dieses Artikels kommt mir wieder der Gedanke, dass es eine Art *Archipel Gulag* unseres Jahrhunderts geben müsste, über diese Orte, Forschungsstationen, Labore, Schlachtgroßbetriebe. Und dass ich ihn schreiben muss. Dann wäre mein Leben nicht vollkommen sinnlos gewesen. Es wäre natürlich ein ähnlich unmögliches Projekt wie Canettis *Buch gegen den Tod*. Aber ich glaube, Canetti hatte einfach nur zu wenig Zeit. *Masse und Macht* hatte bereits dreißig seiner Lebensjahre beansprucht. Aber eines stimmt natürlich: Solschenizyns Werk hat die Gulags nicht abgeschafft (so wie auch Canettis Buch den Tod nicht abgeschafft hätte), es hat nur den großen sowjetischen Strafapparat in allen Details offengelegt. Gulags gibt es unterdessen immer noch und immer zahlreicher, in neuen Farben und Verkleidungen. Auch transparente Uhrwerke funktionieren noch. Und egal welche Sätze mir gelingen mögen, diese Einrichtungen werden weiterhin ihre grausamen Zwillingsexperimente, diese *Mengeleien*, an Kühen durchführen, und im Jahr 2050 sind wir zehn Milliarden Menschen.
(Januar 2015)

Wann ist bei Menschen der Punkt erreicht, an dem gilt: »Geh fort von hier. Hier böse.«

Vorstellung des ultimativen Bösen: der Wiederentführer. Er hat es ausschließlich auf Frauen abgesehen, die nach Jahrzehnten aus ihrem Verlies befreit wurden. Amanda Berry,

Natascha Kampusch, die Fritzl-Familie. Er sitzt zu Hause und sammelt Zeitungsausschnitte und Links zu dem Thema, beschimpft die interviewte und von Polizisten und Psychologen betreute Frau auf dem Bildschirm. Er lässt Jahre vergehen, plant ihre nochmalige Entführung. Na warte, murmelt er oft, warte nur, du wirst schon sehen. Schließlich, der Medienrummel um die befreite Frau ist längst verklungen, schnappt er sie sich und bringt sie in sein Verlies. Dort geht es dann los mit Beschimpfungen. Sie habe wohl geglaubt, sie könne sich einfach so lossagen von ihrer Bestimmung. Aber er werde ihr schon zeigen, usw. ad inf.
(Januar 2014)

Der größte Schrecken liegt also darin, eingesperrt zu bleiben, ohne Möglichkeit zur Flucht?
Ich war in Wien am Hauptbahnhof, um bei der Betreuung der ankommenden syrischen Flüchtlinge mitzuhelfen. Zwei Parallelwelten: die des normalen Bahnhofbetriebs und die umgewidmeten Bereiche. Die Helfer wechseln immer wieder von der einen Welt in die andere über. – Ein schwer kranker Mann mit zerstörtem Mund umarmte uns, vor allem die hübschen jungen Frauen. »Super«, sagte er. – Eine ältere Helferin erzählte in einer Zigarettenpause, sie habe einen Flüchtling in der Jacke ihres Mannes weggehen sehen. – Wir sortierten gespendete Kleidung in einer der Hallen. Kinder, Männer, Frauen. Als wir fertig waren, standen schon viele Flüchtlinge da und warteten. Ich trat einfach beiseite und erwartete, dass sie sich sozusagen darauf stürzen würden. Aber drei Helferinnen taten etwas vollkommen anderes, das sich als Lektion in Respekt herausstellen würde: Sie winkten, nach der Art von Marktverkäufern, die Flüchtlinge heran und boten ihnen verschiedene über die Unterarme gehängte Kleidungsstücke an, zeigten dies her, drehten das um, was sagen Sie zu dieser Farbe, Madame? Nein? Dann vielleicht besser dieses Stück

hier, es würde Ihrem Kind sehr gut passen! Es war eine Transaktion auf Augenhöhe, respektvoll, freundlich. Ich sah eine Mutter, die mehrere Kleidungsstücke für ihr kleines Mädchen ablehnte, aber eines gefiel ihr, ein elegantes Kleid. Mein inneres Parameterfeld war dagegen eingestellt gewesen auf: »So, hier sind Kleider, jetzt nehmt sie euch schnell, ihr verzweifelten Menschen, reißt euch drum.« Ein Glück, dass es durch das Beispiel der Kolleginnen verändert wurde. Echte Hilfe ist die, die der Hilfsbedürftige auch ablehnen oder leicht modifizieren kann; sie suggeriert, dass er noch nicht so verzweifelt ist, dass er alles annehmen muss, egal was, einfach her damit, nein, er kann noch wählen.
(September 2015)

Was halten Sie für bedrohlich?
Die Gebärde für »Staat« in österreichischer Gebärdensprache: »Mit Zeige- und Mittelfinger und abgespreiztem Daumen eine ›Pistole‹ bilden und dann mit deren ›Lauf‹ eine Distanz am Unterarm durch Antippen abmessen, als wollte man zeigen ›von hier ... bis hier‹: So geht STAAT.«
(November 2016)

Die Sprache als Manipulationsinstrument ist ein Topos in Ihrer Literatur. Haben Sie auch Erfahrungen im Alltag?
Eine bettelnde Frau, die mich ansprach. Ungarin, sehr jung. Der Bausatz der Geschichte ist immer derselbe: Sie hat viele Kinder, sie war vorher bei einer alten Frau als Pflegerin angestellt, aber nun ist diese Frau im Altersheim, und sie muss im nächsten Monat aus der Wohnung ausziehen, und wo soll sie hin mit den Kindern. Alle Bettlerinnen in Graz erzählen, sogar bis in den Wortlaut identisch, genau diese Geschichte. Zumindest in diesem Sommer. Aber diese Frau erzählte sie anders, zwar mit denselben Worten, aber dramatischer, verzweifelt.

Sie verwendete die Noten des nicht von ihr komponierten Stücks so, dass sie mir ihre eigentliche Geschichte erzählen konnte. Ich gab ihr Geld. Hinterher dachte ich: Was, wenn sie das Original war, von dem alle anderen nur abschauen und kopieren? Falls es irgendeine zentrale Instanz gibt, die die Geschichte dieses Sommers für die Bettlerinnen bestimmt, wählt sie eine schon existierende Geschichte, oder setzt sie eine aus wirksamen Teilen zusammen?
(Mai 2015)

Spielen Sie manchmal selbst damit?
In unserem Kulturkreis gibt es eine ungewöhnliche Klein-Tradition des spontanen Erzählens. Es ist das weit verbreitete Phänomen der *Geburt des erzwungenen Geschichtenerfindens im katholischen Schulunterricht,* genauer: bei der Vorbereitung zur Erstkommunion. An einem Tag mussten wir alle zur Beichte gehen und unsere Sünden bekennen. Oder nur eine Sünde, eine würde schon genügen, hieß es. Aber niemand hatte eine vorzuweisen, wir redeten vorher darüber, keiner von uns hatte etwas Schlimmes getan. Also erfanden wir etwas. Und wir verglichen unsere Sünden hinterher miteinander. Manche kamen enttäuscht aus dem Beichtstuhl, sie hatten ihre erfundene Geschichte nicht gut genug erzählt, und der strenge Pater hatte ihnen nicht geglaubt, ihnen aber trotzdem vergeben. Mir glaubte er. Ich hatte ihm erzählt, ich hätte – kein Witz – eine Blume ausgerissen und damit jemanden verdroschen. Ich weiß nicht mehr, wie ich, als Sieben- oder Achtjähriger, darauf gekommen war. Es kam einfach, fühlte sich irgendwie richtig an, und mein Mund sprach es aus. Vielleicht dachte ich, es wäre besonders verwerflich, jemanden mit einer Blume zu verprügeln, weil eine Blume ja als etwas Schönes, Zartes und Schützenswertes gilt. Ich weiß auch nicht, warum der Pater, dem ich diese Sünde beichtete, darauf einging. Möglicherweise hatte ich seinen Sinn für überdeutlich

Reales getroffen – hatte durch Zufall den Schnittpunkt dreier Elemente hergestellt, die das Wesen kurzer Erzählungen ausmachen: 1) ein suggestives, rätselhaftes Bild, das der Verstand des Hörers gerne weiterspinnen will, das er gerne als wahr ansehen würde, 2) eine Leerstelle, in der alle Zweifel Platz finden (in meinem Beispiel: *Wie verprügelt man jemanden mit einer Blume?*), 3) der X-Faktor, die unbekannte Zutat. Was immer diese unbekannte Zutat in meinem Fall war, sie wirkte. Der Pater sprach mich frei.
(September 2012)

Wenn wir schon bei der Kirche sind – was interessiert Sie an Glocken?
Heute träumte ich von einem Mann, der jeden Abend geläutet wird. Er wacht auf, zieht sich an, setzt seine schwarze Melone auf und geht spazieren. Er sieht genauso aus wie der Vater in den wunderbaren »Vater und Sohn«-Comics von E. O. Plauen. Eine kugelige Erscheinung, schnauzbärtig, zu äußerst zornigen Blicken fähig. Die meiste Zeit wirkt er steif, würdevoll, aristokratisch. Er schreitet vornehm durch den Park, es regnet, und er spannt seinen Schirm auf. Passanten grüßen ihn höflich, er nickt ihnen zu. Dann allmählich rückt der Abend näher, sein Blick wird ängstlicher, er meidet große Menschenansammlungen, zieht sich in ein kleines Café zurück und trinkt dort, alle paar Sekunden misstrauisch links und rechts blickend, ein Glas Cognac nach dem anderen. Dann, beim Verlassen des Cafés, geschieht es: Er wird geläutet, ohrenbetäubendes Glockengeläut dröhnt aus seinem Körper, der in starke Vibrationen versetzt wird, Leute sammeln sich um ihn und feuern ihn an und kontrollieren währenddessen die Zeit auf ihren Armbanduhren. – Ich erwachte vom Klingeln des Weckers.
(Dezember 2013)

Und an Falten?
Den Teufel aus einer Teppichfalte ziehen, ein zappelndes, sich verständnislos hin und her ringelndes Ohr, aber dann gleich wieder verlieren auf dem Weg zum Elternschlafzimmer, irgendwo verlieren im zugigen Flur und nie mehr wiederfinden. (November 2012)

Wunden und Narben sind ziemlich präsent in der christlichen Ikonografie – was fällt Ihnen dazu ein?
Die verletzte Flanke des von der Lanze gestochenen Christus. Ihr Gesichtsausdruck gleicht dem des rätselhaften Tagschläfervogels (Nyctibius), der in Mittel- und Südamerika beheimatet ist. Da, schau:

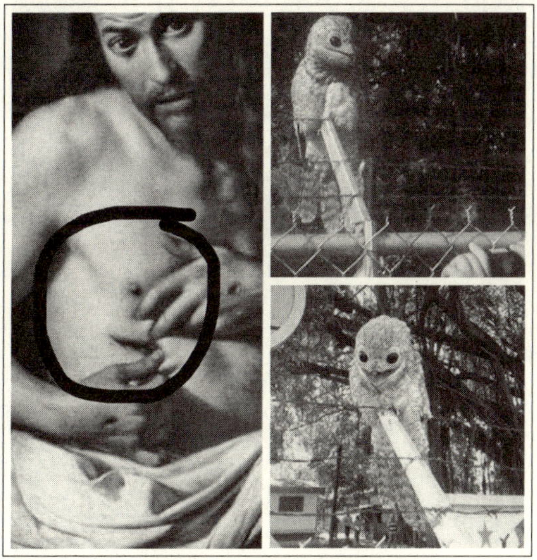

Außerdem, seltsam, jedes Mal dieser schweratmende Stricherblick von Christus auf den Gemälden, die den Ungläubigen Thomas zeigen, wie er die Hand in die Seitenwunde legt (Caravaggio, Galli, Rembrandt).
(November 2016)

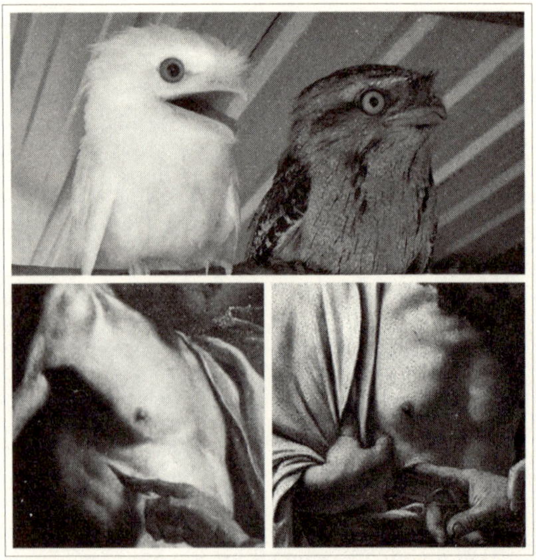

TAG 4

Sie haben sich wiederholt mit Glitches beschäftigt, den »Fehlern, Blasen, Verwerfungen im Gewebe der Wirklichkeit« – sind nicht gerade sie ästhetisch sehr produktiv?
Die Schachpartie Estrin vs. Berliner bei der Weltmeisterschaft 1965 war achtundzwanzig Spielzüge lang identisch mit der Partie Lopukhin vs. Semeniuk im Jahr 1975 in Tscheljabinsk. Bei niedriger Spielzugzahl ist eine identische Wiederholung einer Partie nichts Besonderes, aber achtundzwanzig ist doch recht hoch. Und was diese Partie besonders macht, ist, dass ein ganz trivialer, offensichtlicher Fehlzug von beiden Meistern, 1965 und 1975, an derselben Stelle gemacht wurde, eine Art Rundungsfehler, ein merkwürdiges Versehen im Universum.
(Juli 2014)

Wie sähen Fehler, Fehlzüge oder Missverständnisse ins Extrem getrieben aus?
Ein Chatbot namens »Brain Bot« antwortete auf meine Klage »I am lonely« mit: »Okay. I will remember that you are lonely.« Danach sprach ich mit einem Chatbot namens George Orwell (»George Orwell is a chatbot that critiques the English language«).
YOU: Do you think that I am using English correctly?
Orwell: I am George Orwell.
YOU: Hi, I am Clemens the Tatzelwurm.

Orwell: Hi, tell me when for self-disciplining the cut.
Orwell: Never use the passive where you can use the active.
YOU: What?
Orwell: This kind of writing is not yet universal, and outcrops of simplicity will occur here and there in the worst-written page.
YOU: I don't like you.
Orwell: I pursue language through the meaning of words.
Später antwortete er nur noch mit sinnlosen Buchstabenketten. Also ging ich zurück zum Brain Bot und fragte ihn: »Am I lonely?« Er sagte: »Yes. To my knowledge you are lonely.«
(6. April 2015)

Kann man vertraut werden mit einer Maschine?

Ich verwende seit einigen Jahren keine Passwörter mehr wie igelkathedrale1 oder NautischeMaus. Seither fühlt es sich so an, als würde ich dem Internet viel seltener zärtliche Dinge sagen. Früher gab man diese kleinen Zaubersprüche, die niemand sonst kannte, mit einem Gefühl intimer Kommunikation ein. Heute erledigt das ein automatisches Programm, das randomisierte und komplexe Zeichenketten generiert, die angeblich schwieriger zu hacken sind, wie z. B. das sehr bequeme *1password* von AgileBits. Seither ist ein kleines Zahnrad an privater Poesie aus der Welt verschwunden. Diese knappen geheimen Botschaften, die man sozusagen an sich selbst richtete, mitunter viele Male am Tag. Man wählte sie nach dem Prinzip »Was sehe ich gern, was kann ich mir tausend Mal vorsagen« aus. Pinguinflossen321. Ourhahn. Miauendermoench. Katzedumm_bibumm. Kleine Selbsttröstungen, mysteriös und kostbar, weil nur für einen einzigen Menschen bestimmt. Alte Passwörter waren der Refrain eines lebensbegleitenden Liedes. Oft sagte ich sie mir innerlich auf und etwas wölbte sich.
(Dezember 2015)

Hilft das gegen Einsamkeit?
Vor Kurzem entdeckte Sarah Wipauer, die einen gewissen Wünschelrutensinn für derlei Dinge hat, beim Blättern in Otto F. Bests *Handbuch für literarische Fachbegriffe*, einem Standardnachschlagewerk für Germanisten, einen merkwürdigen Begriff. Sie zeigte mir den Eintrag:
***Pansilenz**, die: (gr. all + lat. Schweigen) Allschweigen, von Iser Carbonus geprägter Begriff für Vorstellung, daß der Himmel leer u. der Mensch in Einsamkeit auf einer von Schweigen umschlossenen Erdkugel lebt; darauf beruhendes Angstgefühl kann durch den »Schrei« als »existenzstiftendes u. -steigerndes Movens« überwunden werden; Vorstellung möglicherweise von Einfluß auf → Sturm und Drang sowie → Expressionismus. (→ Pantragismus).*
Eine Internetsuche nach dem Begriff »Pansilenz« ergab allerdings exakt 0 Treffer. Ebenso eine Suche nach »Iser Carbonus«. Verschiedene alternative Schreibweisen wurden ausprobiert, aber nichts, kein einziger Hinweis. Auf Google Books ist Bests *Handbuch* nicht digitalisiert, daher findet man auch dort keine Spur. Es gibt überhaupt nichts. Das Wort »carbonus« bringt natürlich einige Treffer, aber zum Thema Autoprämien, car bonus. Ich versuchte das wörtliche Zitat vom Schrei als »existenzstiftendes u. -steigerndes Movens«, ebenfalls kein Treffer. Nun deckt, zugegeben, Google bzw. Google Books noch nicht das ganze Universum ab. Viele deutschsprachige Publikationen sind noch nicht digitalisiert, also unsichtbar. Aber dass es den Autor Iser Carbonus nirgendwo gibt, ist in der Tat verdächtig. Was ist das überhaupt für ein Name? Ich versuchte einige Anagramme, kam aber auf nichts Erhellendes. Cobra Sunrise, Brain Sources, crabs use iron.
Das Wort »Pansilenz« scheint zudem falsch gebildet. Sollte es nicht Omnisilenz heißen? Oder Pansigie. Aber gut, das ist Klugscheißerei. Ich weiß bloß nicht weiter.
Wikipedia sagt:
Ein fingierter Lexikonartikel, auch Nihilartikel (von lat. nihil

»nichts«) oder U-Boot genannt, ist ein frei erfundener Eintrag in einem Lexikon zu Personen oder Dingen, die außerhalb des Lexikons nicht bzw. nur als Fiktion existieren. Er soll als solcher vom Leser möglichst nicht erkannt werden. Auch frei erfundene Details in ansonsten zutreffenden Artikeln können in diesem Sinne als U-Boote bezeichnet werden.
Dabei entsteht eine paradoxe Kommunikationssituation: Um etwas im Lexikon nachzuschlagen, benötigt man normalerweise eine Referenz aus anderen Kontexten, die ihren Ursprung außerhalb des Lexikons haben. Bei einem erfundenen Lemma können derartige Referenzen nicht existieren. Der Artikel wird also im Idealfall nur nach dem Zufallsprinzip (Serendipity) gefunden.
Berühmte U-Boote in Nachschlagewerken sind etwa die Loriot'sche »Steinlaus« im *Pschyrembel* oder das Morgenstern'sche »Nasobēm« im *Brockhaus* und in *Meyers Konversations-Lexikon*.
Die Pansilenz fällt vielleicht in diese Kategorie. Und das, was der Begriff beschreibt, gilt ja offensichtlich für die oben umrissene »paradoxe Kommunikationssituation«: ein fingierter Lexikonartikel lebt, zumindest im Idealfall, umgeben von vollkommener Stille. Niemand sucht nach ihm, niemand »hört« seinen Ruf, seine Aussage. So wie der Kosmos, der uns umgibt, nichts von unseren egal wie lauten Schreien vernimmt: Das Weltall ist immun gegen jeden auf der Erde produzierten Schall. Albert Camus beschrieb das Prinzip des Absurden mit dem Bild der »Gegenüberstellung des Menschen, der fragt, und der Welt, die vernunftwidrig schweigt«. Auch Georg Büchners *Lenz* kommt einem in den Sinn: *Er schien ganz vernünftig und sprach ruhig und freundlich mit Oberlin. Der bat ihn, nicht zu weit zu gehen, er versprachs; im Weggehen wandte er sich plötzlich um und trat wieder ganz nah zu Oberlin und sagte rasch: sehn Sie, Herr Pfarrer, wenn ich das nur nicht mehr hören müßte mir wäre geholfen. »Was denn, mein Lieber?« Hören Sie denn nichts, hören Sie denn nicht die entsetzliche Stimme, die um den ganzen Horizont schreit, und*

die man gewöhnlich die Stille heißt, seit ich in dem stillen Thal bin, hör' ich's immer, es läßt mich nicht schlafen, ja Herr Pfarrer, wenn ich wieder einmal schlafen könnte. Er ging dann kopfschüttelnd weiter. Niemandem wird die Empfindung fremd sein. So fühlt man sich manchmal auf der Erde. Und so fühlt sich auch ein anschluss- und referenzlos in ein Nachschlagewerk eingeschmuggeltes Wort.
Otto F. Best starb 2008, wir können ihn nicht mehr fragen.
Eine Möglichkeit fällt mir ein. Es gibt doch den deutschen Literaturwissenschaftler Wolfgang Iser. Dieser starb leider 2007, also kann man auch ihn nicht fragen. Aber könnte Iser Carbonus eine Art von akademischer Insiderwitz-Kosename gewesen sein? Was bedeutet Carbonus eigentlich? In Lateinwörterbüchern finde ich den Begriff nicht. Mir scheint, dass durch den Tod von Best, und vielleicht auch von Iser, die Stille um den Begriff »Pansilenz« vollkommen geworden ist. Beim Wiederlesen des Eintrags kommen mir nun ähnlich mitleidsvolle Empfindungen wie damals, als ich zum ersten Mal den Begriff »Hapax Legomenon« nachschlug und die Beispiele las. Das sind Wörter, die nur an einer einzigen antiken Belegstelle genannt werden und deren Bedeutung niemand mehr kennt, vollkommene Fremdlinge, tragisch umgeben von einer Textur aus Bekanntem. Im Duden findet sich zudem »sitt«, das einsamste deutsche Wort. Es war niemals lebendig. Es wurde 1999 künstlich geschaffen und offiziell in den Duden aufgenommen, um ein Loch in der Sprache zu stopfen, das in fast allen Sprachen existiert: ein eigenes Wort für »nicht mehr durstig«. Gedurstgelöscht. In der Tat ist es merkwürdig, dass das Stillen von Durst keine eigene Empfindung hervorruft. Würde es das, hätten wir sicher ein Wort dafür. Nein, dieser Schluss ist unzulässig. Es gibt Millionen von Empfindungen, die kein eigenes Wort haben. Jedenfalls wurde damals ein Wettbewerb veranstaltet, von der Eisteefirma Lipton in Zusammenarbeit mit der Duden-Redaktion, und nach einer entsprechenden Wortkreation gesucht. Am häufigsten

(angeblich ungefähr vierzigmal) wurde »sitt« eingesandt. Das slowenische Wort für »satt« lautet »sit«, was eine mögliche Erklärung dieser Häufung sein könnte. Und nun sitzt das Wort im Duden, aber kein Mensch verwendet es.
Vielleicht ist der »Pansilenz«-Eintrag in Bests *Handbuch* ein Spielangebot, und man muss nur den weiterführenden Stichwörtern folgen, um an einen interessanten Ort zu gelangen. Also: Schlagen wir »Pantragismus« nach. Aber hier ist alles normal. Die Erklärung ist konventionell, und auch das Beispielzitat (aus einer Bemerkung Hebbels über das Drama) ist authentisch. Ebenso die Einträge über »Sturm und Drang« und »Expressionismus«, was wenig überrascht, denn diese Begriffe werden gewiss häufig nachgeschlagen. Dass Otto F. Best allerdings ein keckes, spielfreudiges, schelmisches Wesen besaß, kann man an seinem *Handbuch* an mehreren Stellen ablesen. So stößt man beispielsweise unter dem Lemma »Kasperltheater« auf einen zweiseitigen Ausschnitt aus *Kasperl in der Türkei* von Franz von Pozzi, ein überraschend langes Belegzitat, in dem Kasperl und Prof. Schurimuri ins Philosophieren geraten. Als Erklärung für den Begriff »Fachprosa« wird ein wunderliches Zitat über den Knoblauch aus der *Groß-Schützener Gesundheitslehre* angeführt: *Vnd des ersten von dem knoblach, der da ist, als Auicenna schreibt, warm vnd drucken ym dritten grad biß an den vierden. Von dem wilden schreiben die mayster, das er warm vnd drucken sey ym vierden grad, aber man nüczet seyn nit ym wege der speiyse.* Zugegeben, das ist Fachprosa, in Abgrenzung zur Kunstprosa (für die Best einen Ausschnitt aus dem *Ackermann aus Böhmen* zitiert), aber gab es tatsächlich kein besseres, anschaulicheres Beispiel dafür? Unweigerlich hört man an dieser Stelle beim Lesen das leise Kichern des Kompilators.
Wolfgang Iser wurde übrigens bekannt mit seinem Begriff der »Leerstelle«, im Germanistikstudium damals habe ich das gelernt. Rezeptionsästhetik, genau, so nennt sich die dazugehörende Theorie. Fiktion besitzt demnach immer

Leerstellen, die der Rezipient selbst im Kopf ausmalen oder ergänzen muss. Erzählen ist keine Übermittlung von Informationen, sondern es imitiert nur den Gestus von Unterricht oder Belehrung: *dort wohnt dieser Mensch, und da geschah das, was zur Folge hatte, dass usw.* »Iser Carbonus« – ist das auch eine Leerstelle? Ich weiß es nicht.
Ich vermute, die meisten Germanisten besitzen Otto F. Bests *Handbuch*. Vollständig durchlesen wird es allerdings kaum einer, dafür ist ein Nachschlagewerk auch nicht gemacht. Ich lese seit Jahren im *Grimm-Wörterbuch*, als wäre es eine lineare Erzählung; auch das keine »beabsichtigte« oder »korrekte« Handhabung dieses Werks. Normalerweise sind Lexika und Wörterbücher eher unsichtbare Texte, die nur zur Sicherheit vorhanden sind, sozusagen für den Ernstfall, so wie in gewissen Haushalten die Bibel.
Bei Best findet sich auch folgender Eintrag:
***Ghostword**, das: (engl. Gespensterwort) a) aus Schreib-, Druck-, oder Aussprachefehler entstandenes neues Wort; b) Wort, das nur in Wörterbüchern existiert. (→ Mot rare, → preziöse Literatur)*
= a) Hamsun aus Hamsund
Ich habe dann noch »Mot rare« nachgeschlagen, und die Belegstelle darf diesmal der Dichter Stefan George liefern, der in seiner Poesie offenbar folgende seltene Wörter gebrauchte: *Flor, laben, Kürbisnapf, Stapfe, Gemarke, Gestade.*
(November 2016)

Sie haben ein feines Gespür für Lebensläufe wie jene im *Dictionary of National Biography*, wo Leben zusammengerafft und bewertet werden, oder für Profile, wie man sie auf Dennis Coopers Blog findet. Was bewegt oder berührt Sie daran?
»Ich ließ mir die Schlüssel zu der Kirche bringen, in welcher der Großvater vor etwa hundert Jahren seine Antrittspredigt

gehalten hatte, und ging ganz allein hinein. Die Sonne schien durch die hohen Fenster auf den ganz mit Leichensteinen bedeckten Fußboden der Kirche, wovon mehrere in das 16. Jahrhundert gehörten. Auf dreien, gerade vor dem Altar, fand ich die Namen unserer Familie: zwei Brüder des Vaters lagen da (er war der einzig übrig gebliebene), einer, der Friedrich hieß, war in der Jugend gestorben, und eine lateinische Inschrift gedachte der ungewöhnlichen Gaben des Kindes und des tiefen Schmerzes der Eltern bei seinem Verlust; der andere war schon Prediger in Hanau gewesen. Über beiden zwischen dem Altar und der Kanzel lag die Großmutter, und so war der Großvater zwanzig Jahre lang jeden Sonntag über ihr Grab zur Kanzel geschritten.« (Wilhelm Grimm, *Selbstbiographie*)
(Dezember 2012)

In Ihren Texten regnet es oft, können Sie dem Regen so viel abgewinnen?
Drei Regentage hintereinander. In den halb- bis einstündigen Pausen, wenn die Sonne rauskommt, holen die Vögel ihr Tagesgezwitscher nach, in der Hast gemurmelter Gebete. – Teilweise ist der Beschleunigungseffekt so stark, dass sie sich wie vorgespulte Tonbänder anhören.
(Mai 2013)

Die Gewalt in Ihren Büchern entsteht aus Traurigkeit, aus Wut, aus Langeweile, aber kaum je aus Empörung über Ungerechtigkeit oder Not. Warum?
Ein ungeheuerliches Foto von einem Mann, der mit einer Kreissäge Selbstmord begangen hat. Er hat sich in der Mitte durchgesägt, indem er die Füße irgendwie am Boden fixierte und sich dann nach vorn fallen ließ. So landete sein abgetrennter Oberkörper, mit der nachschleifenden Schärpe herausquellender Organe, auf dem Boden. Und er hatte noch

gerade so viel Zeit, bevor er das Bewusstsein verlor, die Arme zu verschränken und seinen zur Seite geneigten Kopf draufzulegen, wie ein Schüler, der während des Unterrichts auf seinem Pult einschläft. So fand man ihn. Wie groß muss die Not gewesen sein, dass tatsächlich der Punkt erreicht wurde, an dem schmerzhaftester Freitod und gütige Selbsttröstung identisch waren. Ich weiß nichts über diese Dinge. – Am selben Tag lese ich in einem Essay von Wes Thomas: »In 1997, a *Defense Week* article revealed that the U.S. Air Force had in fact discussed a system for projecting three-dimensional holographic images as decoys or as an ›angry god‹ above a battlefield.«
(Dezember 2012)

Sie mögen die »erdabgewandte Seite« der Dinge: Hinterköpfe, Hinterseiten von Grabsteinen, Statuen – was ist Ihre interessanteste Entdeckung?
»La volte-face de la flamme d'une bougie ...«, René Char. In meinem Kopf weitergedichtet als »der Hinterkopf einer Kerzenflamme«.
(Mai 2015)

Dichter, die man im Frühling lesen sollte ...
James Merrill
Odysseas Elytis
Apollinaire
Friederike Mayröcker
Ernst Herbeck
H.C. Artmann
(zusammengestellt aus Mai 2011)

Eine Ihrer Figuren versucht ein Schwindelgefühl zu erzeugen, das den Körper wieder in seine Balance bringt ...
Angeblich drehten sich Sufi-Dichter lange im Kreis, bevor sie zu schreiben begannen. Die Wörter *Derwisch* und *Rumi* kommen mir in den Sinn. War Rumi überhaupt ein Sufi-Dichter? Ich weiß es gar nicht und mag auch nicht nachschauen. Ich weiß, dass alle Leute Rumi lieben und lesen, besonders wenn jemand gestorben ist oder sie unglücklich verliebt sind. – Ich stelle mir also vor, wie diese Dichter sich wild im Kreis drehten, vor einem Lagerfeuer wahrscheinlich. Sufismus ist sehr attraktiv geworden für gebildete Leute in Europa. Sie lieben ihn, beinahe so sehr wie Buddhismus. – Aber eines wäre interessant zu wissen: Wer war der *letzte* Dichter, der sich noch jedes Mal wie ein Kreisel drehte, bevor er zu schreiben begann? Und wann und warum hörte er damit auf? – Ist Schwindel wichtig für das Hervorbringen echter Poesie?
(Mai 2014)

Wie erschafft man solche Figuren, wie leitet man sie?
Im Jahr 1995 führte ein französischer Arzt namens René Peoc'h, der sich nebenbei für Parapsychologie interessierte, ein Experiment mit Küken durch. Die kleinen Vögel wurden, gemäß den bekannten Theorien von Konrad Lorenz, gleich nach der Geburt auf einen grünen Roboter geprägt, der für sie nun die Mutterrolle übernahm. Der Roboter besaß in etwa die Form einer großen Blechdose und konnte mithilfe eines Zufallszahlen-Generators Bewegungen und Richtungsänderungen ausführen. An seiner Unterseite befand sich eine Tintennadel, die die Spur seiner chaotischen Bahnen auf einer weißen Zeichenunterlage hinterließ. Nachdem die Küken einige Zeit neben und mit ihrer neuen Mutter verbracht hatten, wurden sie in einen transparenten Käfig gesperrt, von dem aus sie die auf ihrem weißen Zeichenbrett hin und her zitternde Mutter-Dose sehen konnten. Die Küken begannen

nach einiger Zeit nach ihr zu rufen, stemmten sich gegen die Innenwand des Käfigs und flatterten auf, um sie auf sich aufmerksam zu machen. Peoc'h behauptet in der Studie, dass in über siebzig Prozent der Fälle, mit sehr hohem Signifikanzniveau, sich der von reinen Zufallszahlen gesteuerte Roboter den Kükenkäfigen näherte. Der Zufallszahlen-Roboter kam nach einer gewissen Zeit vor dem Glaskäfig an, in dem sich die Küken befanden, und ruckelte dort minimal hin und her. Theoretisch hätte er diesen Orbit irgendwann wieder verlassen und sich in die nächste Ecke aufmachen müssen, weiter auf seinem Random Walk. Aber irgendetwas ließ ihn – so der Schluss des Wissenschaftlers – bleiben, ließ die Zahlen, die ihn steuerten, in einer neuen Ordnung daherkommen. Die statistische Auswertung der Strichzeichnungen ergab eine starke Abweichung von dem Weißen Rauschen, das man eigentlich erwartet und bei einem Vergleichsexperiment mit auf normale Hennen geprägten Küken auch völlig selbstverständlich erzielt hatte.
Die Auswertung und Deutung dieses kontrovers diskutierten Experiments müssen andere übernehmen. Aber ein Schriftsteller, der Figuren sieht und entwirft und miteinander interagieren lässt, kann daraus viel lernen. Denn er verhält sich zu Anfang immer wie eines der Küken. Wer schon einmal (als Kind, unter Drogeneinfluss etc.) versucht hat, fremde Menschen durch reine Gedankenkraft zu steuern, weiß, wie frustrierend das sein kann. Man wird keinen Erfolg haben. Auf dem Papier sieht es zunächst auch so aus, alle reden durcheinander, die meisten wollen nichts miteinander zu tun haben, wohnen auf völlig verschiedenen Planeten. Dann irgendwann betritt man als Schriftsteller eine andere Zone, in der die Figuren zumindest schon den Ruck der Marionettenfäden an ihren Schultern spüren, wenn der Autor sich auf sie konzentriert. Nach dem dritten Anlauf (meist nach ein oder zwei Tagen) reagieren sie auf die meisten Kommandos, die man ihnen einpflanzt – allerdings

immer gleichzeitig aus eigenem Antrieb, eben so wie der Zufallszahlen-Dosenroboter. Für einen Schriftsteller ist es keine Lösung, einfach den Zufallsgenerator gegen etwas anderes auszutauschen. Er muss das kleine Küken in sich trainieren. Ich bewerte Schriftsteller oft nach der Intensität und Eleganz ihres Dosenkükenrufs.
(Januar 2012)

»Nebenfiguren sind das Traurigste, was man sich vorstellen kann ... Sie kommen schon im Zustand der Entbehrlichkeit auf die Welt, werden später erschossen, verbrannt ... Und sie sind leichter ersetzbar als Wasser oder ein Stück Kreide.« Ist das immer so?
Der unbekannte Pariser Bürger des 15. Jahrhunderts berichtet in seinem Tagebuch *(Journal d'un bourgeois de Paris)* von einem Henker, der eine unschuldige schwangere Frau tötete und deshalb selbst hingerichtet werden sollte. (In Wahrheit war der Grund für das Todesurteil der Umstand, dass der Henker den Herzog von Burgund berührt hatte, was einem Vertreter seines Gewerbes streng verboten war.) Man führt ihn zum Richtstock. »Und der Henker erklärte dem neuen Henker [*Anm. d. Autors*: seinem Lehrbuben] die Art, wie er den Kopf abschlagen sollte, und wurde von den Fesseln befreit und richtete den Block für seinen Hals und entfernte das Holz von der Axt und vom Messer, ganz als ob er besagten Dienst für jemand anders tun wollte, worüber jedermann sehr erstaunt war; danach bat er Gott um Gnade und wurde von seinem Gesellen [seinem Lehrbuben] geköpft.«
(April 2013)

Worauf kommt es Ihnen beim Erzählen an – auf Höhe- und Wendepunkte der Geschichte oder eher auf das Funkeln im Gewebe, die »luminous details«?

Ich erzähle einer Bekannten von den Golfbällen, die ein Astronaut einer Apollo-Mission auf dem Mond zurückließ. Ihre Antwort: »Na ja, wenigstens war's kein Kreisel. Das wäre wirklich schlimm, wenn der einfach so da oben liegen müsste, für immer ...«
(Juni 2013)

Was ist ein guter Twist in einer Erzählung?
Die kürzeste Sci-Fi-Story der Welt war lange Zeit *Knock* von Fredric Brown:
The last man on earth sat alone in his room. There was a knock on the door.
Ron Smith schaffte es, diese Geschichte um einen einzigen Buchstaben zu verkürzen und sie in eine ungleich grauenvollere zu verwandeln:
The last man on earth sat alone in his room. There was a lock on the door.
(September 2011)

Es gibt Fantasien, die sich an ganz Alltäglichem entzünden, an Wendungen, zufällig aufgeschnappten Sätzen ...
Zwei Schriftsteller sehen sich einen Versandkatalog an. Werbung für Bücherregale und Wohnzimmereinrichtungen. Buch-Dummies und echte Bücher sind auf den Abbildungen der arrangierten, preisschildgefiederten Interieurs zu sehen. Einer der Dichter deutet auf eines der Bücher, die auf einem schicken Glastischchen (219,99 €) liegen, vor dem der attraktiv-bärtige Modellfamilienvater mit selbst zu Hause nicht abgelegter Krawatte sitzt, und sagt zum anderen Dichter: »Schau, da. Da könnte doch auch mein Buch liegen. Was glaubst du, *wie kommt man da rein*?«
(Dezember 2013)

***Indigo* hat viel mit dem Herausfinden von Informationen zu tun, *Die Stunde zwischen Frau und Gitarre* auch. Liegt es am Zwiebel-Prinzip, dass die Figuren nicht und nicht zum Kern vordringen: hinter vielen Schalen keine Welt?**
Katharina Weiß im Facebook-Chat über Zwiebeln, die zwei Jahre in einer Lade lagen: »Nach und nach vergammeln die einzelnen Schichten. Sie strecken dann auch die Wurzeln zwischen die Schichten. Sie ernähren sich vom Verfall ihrer eigenen Schichten. So überleben sie zwei Jahre ohne Wasser und Licht.«
(Mai 2014)

Die Rache, könnte man meinen, ist etwas aus der Mode gekommen. Sie aber haben ihr ein ganzes Buch gewidmet. Was interessiert Sie daran? Der intellektuelle Aspekt – Einfallsreichtum, Winkelzüge –, die Moral jenseits von Gut und Böse?
Eine Frau, die unbedingt schwanger werden will von einem Mann, um ihm zu zeigen, wie sehr er sie quält – »ich will es ihm *bildlich* vor Augen führen, was er mir antut!«
(Dezember 2015)

Welche Form der Rache finden Sie eindrucksvoll?
A wird von B schwerst beleidigt. A schwört Rache. Eines Tages sieht A in einer Menschenmenge B stehen. Die Menge ist sehr dicht, und er kann nicht durch. Also zieht er eine Waffe und erschießt zwanzig Menschen, nur um zu B zu gelangen. Als er schließlich vor B steht, verpasst er ihm eine Ohrfeige und geht davon.
(Mai 2013)

Spinnen wir das weiter: B schlägt zurück und steht damit am Anfang einer Kette von Gesten, Handlungen, Perfidien, die nach diesem Muster weitergereicht werden? Ein ewiger Kreislauf? Was bleibt dann noch?
Sich in einer Betonmischmaschine einrollen spät nachts, im Anzug, als Erwachsener.
(Dezember 2015)

Sie entwerfen oft Schlussbilder voll sanfter Schönheit, wenn die Kämpfe ausgetragen sind, wenn der Abend kommt ...
Wie großpfotig und unbeholfen ist ein Boxer in der Ringecke, nicht einmal alleine trinken kann er, man muss ihm alles reichen, ihm das Gesicht wischen, er hat etwas auffallend Säuglinghaftes, sein offener Mund, seine vor Schmerz zusammengekniffenen Augen, jedes Mal erwarte ich, dass ihm gleich jemand die Brust gibt.
(März 2017)

Gibt es für Sie etwas, das einer Poetik nahekommt?
Mein alter Kater Esel ist kaum noch am Laserpointerpunkt interessiert. Wenn der rote Punkt erscheint und mit ihm spielen will, schaut er nur mehr und geht ihm vielleicht ein wenig nach, mehr aus Höflichkeit und Freundschaft. Seine Gelenke tun ihm weh, die Hinterbeine bewegen sich steif hin und her. Aber neulich entdeckte ich, wie man den Laserpointerpunkt sogar für einen alten, müden Kater mit leichter Niereninsuffizienz wieder interessant und nachjagenswert machen kann. Bewegt man ihn einfach nur über Boden und Wand, sozusagen als Photonenvariante eines herumrollenden Balls, dann ist er eben immer nur das: ein Ball. Kater kennt Ball. Ball rollt nur. Ball kann nichts. Ball leidet nicht, wenn gebissen, Ball stirbt nicht, wenn geschüttelt. Ball im Prinzip langweilig.

Ball unsterblich. Dabei ist es gar nicht so schwer, dem Laserpointerpunkt eine Seele zu verleihen: Man muss ihn vor den Augen der Katze ein Schicksal erleben lassen. Er versteckt sich hinter einer Ecke, lugt hervor, bemerkt dann die Katze, versucht, ihr ängstlich auszuweichen, beschleunigt ein wenig seinen Gang, hoffentlich wird sie nicht, aaah – sie wirft sich auf ihn. Wie Esel ihn anfiel, nach ihm schnappte! Denn das war kein rot leuchtendes Spielzeug mehr, das war ein kleines Lebewesen. Es hatte Angst vor ihm, es wollte überleben. Und Wesen, die verzweifelt überleben wollten, konnte man tatzen und packen und quälen, das war das Geheimnis! Ich lasse den einmal von einem Pfotenhieb getroffenen Laserpointerpunkt benommen eiern und dann vergeblich hinter einem Tischbein Schutz suchen. Esel tatzt auf ihn ein. Nach einer Weile tut mir der Punkt sogar leid. Man muss vorsichtig sein, welchem Ding man aus welchen Gründen eine Seele verleiht. Alle toten, ja sogar – im Falle des Punktes – immateriellen Objekte im Universum sind trockene Schwämme, wenn es um Seeleninhalt geht. Sie warten Jahrhunderte darauf und saugen ihn dann gierig ein. Aber für den alten kaputten Esel hätte ich dem Punkt selbst einen Teil meiner eigenen verzogenen Primatenseele verliehen. Er hat wieder Freude. Bis ganz zuletzt wird der Punkt zu ihm kommen. Irgendwann werde ich vielleicht Figuren erschaffen, die so sind wie der rote Punkt für den alten Esel.
(Dezember 2011)

Bei Zeilen wie: »Ich liebe dieses All-das-gibt-es-wirklich-Gefühl beim Eislaufen« oder: »Der Sommer: Schwarze Kirschen / wie Knopfaugen zwischen den Blättern« entsteht plötzlich das Gefühl, das Leben könnte auch ganz einfach sein. Wie lange hält das an?

Ein Mann sammelt Leitern
ein anderer Laub
Ein dritter befreit
seine Stiefel von Staub

Ein Läufer bewegt sich
von Westen nach Ost
Ein Lehrer versteckt sich
im Gasthof *Zur Post*

Ein Hund wittert Knochen
beim alten Rondell
Ein Ringelspiel dreht sich
beeindruckend schnell

Ein Feldhase tut so
als wär er ein Bär
Am Hauptplatz versammelt sich
Grenzmilitär

Es hilft alles nichts
Man muss sich nur trauen
Die Katze im Kirchturm
beginnt zu miauen

Ein Mann sammelt Pilze
ein anderer Sand
Ein Eichhörnchen hebt
seine winzige Hand
(Februar 2017)

Wenn alles so leicht geht, »als hätte es jemand vorprogrammiert«, wie sieht das aus?
HAPPY ENDS

Zwei Leute wälzen sich halbtot im Sand, voller Glück.
Eine Brise weht vom Horizont her, streift die letzte Frau auf Erden, die doch noch ein Kind gebärt, in einer sauberen Wiesenmulde.
Ein flüchtender Hase springt mit letzter Kraft über den Stacheldraht in Sicherheit.
Eine Brücke reicht einem Selbstmörder ihr rettendes Geländer.
In einer menschenleeren Hauseinfahrt hält eine Kutsche mit einem vermummten Fremden, der einen Gnadenbrief in seiner Tasche hat.
In fünf Minuten schließt der Krieg.
Suchscheinwerfer streifen zwei zitternde Zwillinge an einer Gefängnismauer.
Das Gas wird irgendwann abgedreht.
Eine Windmühle hebt mit einem ihrer Flügel eine weiße Friedensfahne.
Eine Frau legt einem schwerverletzten Mann die Arme um den Hals und er nickt langsam mit dem Kopf.
Eine Flaschenpost wird rechtzeitig ans Ufer geschwemmt.
Einige Bäume nehmen all ihre Kräfte zusammen und behalten ihr Laub über die kalten Monate.
Eine Nachricht erreicht einen Sterbenden, in der festgehalten wird, dass alles ein Irrtum war.
(Februar 2015)

Was war Ihre stärkste Erfahrung mit Tod und Sterben?
Im Sommer 2005 fuhren wir nach Innsbruck. Julias Großmutter lag im Krankenhaus. Die Ärzte gaben ihr noch ein paar Tage. Sie war verwirrt, hilflos wie ein Kind, bettelte ständig

darum, nicht allein gelassen zu werden. An mich konnte sie sich, obwohl wir uns davor einige Male begegnet waren, nicht erinnern, zeitweise vergaß sie ganz, wo sie war und was mit ihr los war. Mir machte die Situation Angst, deshalb hielt ich mich abseits, meist stand ich, wie ein Bauer beim Schach, schräg hinter den anderen. Einmal merkte ich, dass die alte Frau mich offenbar mit Blicken suchte, zumindest reckte sie den Kopf und deutete in meine Richtung. Ich erwiderte ihren Blick und versuchte, freundlich zu lächeln. Plötzlich veränderte sich ihr Gesicht, und sie zischte wütend: »Lach mi net aus!« Ich erstarrte. Julias Mutter beruhigte sie und erklärte ihr noch einmal, wer ich war, aber die alte Frau schüttelte nur den Kopf über die erlittene Beleidigung. Ein Blick, den man nicht vergisst: hasserfüllt, verzweifelt, zutiefst in ihrer Würde verletzt. »Er lacht mi aus!«, erklärte sie Julias Mutter. Sie weinte. »Wer is der? Wer is der?« Die anderen trösteten sie. Eine Krankenschwester, die zufällig im Zimmer war und die Szene mitbekommen hatte, nahm die alte Frau in den Arm und wiegte sich kurz mit ihr hin und her; solche Menschen gibt es. Über die Ellenbeuge des Krankenschwesterarms starrte sie mich an, hielt dem entsetzlichen Anblick stand, solange sie konnte, dann presste sie ihre Augen gegen den Stoff des weißen Kittels. Ich bot an rauszugehen, aber man hielt mich zurück und wiederholte die Sätze, die meine Anwesenheit erklären sollten. Nach dem Besuch gingen wir – ich weiß nicht mehr, weshalb – in den Hofgarten. Es regnete ein wenig. Wir wanderten unter den finsteren Bäumen herum. Für einen Moment dachte ich tatsächlich: *Sie wird es vielleicht noch einsehen, ihren Irrtum, sich erinnern, wer ich bin.* Dummkopf. Natürlich war dies das letzte Bild von mir, das sie mit ins Grab nahm: der fremde junge Mensch, der sie in ihrem Todeskampf auslachte. Eine geisterhafte Erscheinung, unerklärlich, anscheinend von niemandem sonst bemerkt, trat gleich hinter ihrer geliebten und sehnsüchtig erwarteten Enkelin ins Zimmer, mit seinem heiteren, schadenfrohen Gesicht. Immer

wieder versuchte sie, das Phantom mit Blicken zu verscheuchen. Auch als sie die anderen darauf hinwies, dass hier ein Eindringling im Raum war, der ihr Angst machte, unternahm niemand etwas. Wenige Tage nach unserem Besuch starb sie. – Die Todeserzählungen der Weltliteratur sind voll von solchen Figuren: eine eigenartig flackernde, weibliche Gestalt auf einem Hausdach, ein starrender Hund auf einer Kreuzung, ein Kind mit grünen Handschuhen, ein seltsamer kleiner Ballon, der über einen Parkplatz treibt. Boten des Jenseits. Sie erscheinen dem Todgeweihten und erinnern ihn daran, dass das Ende nahe ist. Jedem sind solche Bilder vertraut, aber wer würde es für möglich halten, einmal selbst ein solcher Bote zu sein? Doch an jenem Tag geschah genau dies: Ich war der Tod, der zur Tür hereinkam.
(Januar 2013)

Verstehen Sie Menschen, die Friedhöfe besuchen? Oder eher diejenigen, die sie meiden?
Ich fuhr mit dem Bus zum Kamikawa Cemetery in Hachioji, einem Vorort von Tokyo, um Kobo Abes Grab zu sehen. Eine Wespe arbeitete sich am Fensterglas des Busses ab. Schöner, ruhiger Ort. Auf einem Grab die Schatten der nickenden Getreideährenköpfe: wie über die sonnenwarmen Steine wuselnde Käfer. Alle Gräber sehen gleich aus, dasselbe Modell oder Modul. Ein minecraftartiger Wahnsinn, ich konnte gar nicht genug davon kriegen, es kastelte alles so escherhaft endlos dahin, Sonne und Hügel in der Ferne, sehr warm, Menschen beinahe unsichtbar, es rief ein Vogi kikikiki, man sah eine Beerdigung, dazu monotones Singen und eine Glocke, Rauch stieg auf, und ich rannte in eine riesige Spinne. Die schiähnlichen, »Toba« genannten Wunschbretter, die man jedem Grab hier beigibt, klapperten im Wind, und es war ein sehr feiner Bergwind, der nichts Böses wollte.
Kobo Abes Grab ist das einzige ohne Namen, nur ein Stein,

davor eine Fläche mit vasenartigen Gebilden. Keine Fläche für Rauchopfer. Die Kurzgeschichte *Hinter der Kurve* (sie ist auch das letzte, etwas herausfallende Kapitel seines Romans *Der verbrannte Stadtplan*) fällt mir ein, in der ein Mann seinen eigenen Namen vergisst. Hier steht also auch keiner. Geklapper und Geknarre der Tobabretter, eine Art Zwiegespräch, damit die Gräber nicht ganz so still sind, mein Kopf sagt dazu: »Akustische Wiege.« Jedes Grab, mit Ausnahme jenes von Abe, besitzt eine diskettenlaufwerkähnliche Öffnung, vielleicht für Grüße und Wünsche. Abes Grab empfängt solche Anfragen nicht. Sein Grabstein sieht aus wie ein Gesicht, comichaft unzufrieden. Und zu Hause in Österreich schlafen gerade alle, es ist drei Uhr nachts, und ich hier in der reif-alten Herbstsonne, eine Art Gnade, man könnt närrisch werden.

Die anderen Gräber ringsum sind, wie schon gesagt, alle von demselben Modell, aber wie bedient man sie? Abes Grab noch schwieriger, es hat kein Räucherkämmerchen; in denen ringsum liegt Asche. Hier nur die beiden Vasen und noch zwei kleinere, legt man etwas hinein? Wasser steht in den größeren und, ah, die kleineren sind voller Asche ... Ich möchte etwas zurücklassen und überlege: meine Keycard fürs Hotel vielleicht, das würde passen. Wenn man allein ist, neigt man viel stärker zu rituellem Handeln (»Allein, die Verniedlichungsform von All«). Es ist dann immerhin das Ritual anwesend, es leistet Gesellschaft. Ich zeichne ein kleines Comicvogi auf einen Zettel und lasse ihn da. Abes Grab ist vielleicht eine genaue postume Darstellung seines Gehirns, seines Denkens. Die Laufwerke für Asche bei den Konkurrenzgräbern ringsum sehen aus wie Charlie Browns Mund, wenn er wehklagt. Von absurder Klarheit ist ein blaues Parkplatzschild in einiger Entfernung. So viele Gräber! Später entdecke ich die riesige Spinne auf mir, in die ich vorhin gelaufen bin, sie saß also die ganze Zeit auf meinem Kragen, während ich vor Abes Grab stand.

Auf Hügeln stehen mächtige Strommasten, das »Eigentliche«

dieser Landschaft. Ich gehe noch etwas spazieren, finde das Grab von Jun Ishikawa, der Dichter Kaneko Mitsuharu wohnt ebenfalls hier irgendwo, aber ich finde ihn nicht, d. h., ich suche gar nicht. Ich möchte ihn nicht stören. Er war der einzige Dichter, der auch während des Zweiten Weltkriegs in Japan antimilitaristische Gedichte schrieb, außerdem ein erotisches Gedicht für seine Frau, in dem er sich mit einem Scheißhaufen in einer Schale vergleicht, der von Fliegen gesundgekitzelt wird. Durchdringendes Gebimmel, weil zwei Begräbnisse nebeneinander stattfinden, dingdingdingding. Ich sitze auf einer Bank ganz oben auf einer Hügelflanke, es sind stadionartig ansteigende Grabreihen, aber auch so weit oben noch das durchdringende Dingdingdingding. Ich lese im *Anton Reiser*, den ich eingesteckt habe. Leuchtendes Reclamgelb in der Herbstsonne. »Der Herr von Fleischbein bestimmte auch die Lektüre seiner Leute, und wer von den Knechten oder Mägden eine müßige Viertelstunde hatte, den sahe man nicht anders als mit einer von der Mad. Guion Schriften, vom ›innern Gebet‹ oder dergleichen, in der Hand in einer nachdenkenden Stellung sitzen und lesen. Alles bis auf die kleinsten häuslichen Beschäftigungen hatte in diesem Hause ein ernstes, strenges und feierliches Ansehn. In allen Mienen glaubte man ›Ertötung‹ und ›Verleugnung‹ und in allen Handlungen ›Ausgehen aus sich selbst‹ und ›Eingehen ins Nichts‹ zu lesen.« Selbst die Knechte und Mägde hatten in diesem Hause allmählich ins Nichts einzugehen, und ich sitze hier vor Gräbern, nahes Gekrähe und menschliche Stimmen, Lachen vom Wald her, der ein wenig rauscht, glaub ich, aber es kann auch ein maschineller Ton sein. Direkt vor mir ein Abfallbehälter mit zwei Einwurflöchern, er glotzt. Gelsen sind zahlreich unterwegs. Auf einem Grab steht eine Hundefigur mit dem eingravierten Wort »Welcome«, was tatsächlich die beste Grabinschrift ist: WILLKOMMEN. Ich verlaufe mich auf dem Weg zum Ausgang. Neben dem Parkplatz sind noch einige Gräber, schon außerhalb des offiziellen Geländes,

dazu mein Gedanke: »Vielleicht Übungsgräber.« Es regnet herrlich kleinste Blätter, manche fallen schnell, andere dagegen schweben wirbelnd, fast auf der Stelle. Altweiberfäden glänzen in der Sonne, ein Verkehrsschild lässt sie von seinem Haupt wehen. Das Lieblingsgedicht von Kobo Abe war Rilkes *Herbst*: »Die Blätter fallen, fallen wie von weit, …« Vor der Shinjuku Station spricht mich ein alter Mann mit einem Flugblatt an: »I am a Japanese Christian«, sagt er. Ich sage: »Hallo, ich komme aus Österreich.« Er: »Let's go now!« – und zeigt mir ein Foto vom Innenraum eines Gebetsraums oder so. Ich frage: »Why?« Er lacht und winkt, entschuldigt sich und geht weg.
(5. November 2016)

Mit welchem Erlebnis verbinden Sie Geborgenheit?
Erster vorsichtiger Spaziergang allein, es ist alles verzerrt durch die Ausfälle im Gesichtsfeld. Ich sehe nichts mehr gerne. Auf einem Feld standen verlassene Bienenkästen, die sich beim Näherkommen als noch immer sehr intakt herausstellten, die innere Ordnung, das büroartig eingerichtete Fächersystem, die Symmetrie, alles war noch da, wenn auch niemand darin wohnte. Es war einer jener muldenhaft sanften Orte auf dem Planeten, wo man die ganze Atmosphäre als große Fallbremsung wahrnimmt. Dieser starke Brandgeruch in der Luft. Ich sehe schlecht, höre aber Podcasts, das geht noch. Geborgene Momente sind in der Nacht, wenn ich tief in einem Hörbuch bin, ringsum vollkommene Dunkelheit, da bin ich so gut aufgehoben wie Ishmael im Gasthofbett bei Queequeg.
(Februar 2017)

Und womit Langeweile?

»Die ganze Erklärung des Vorfalles theilte mir eine von den rothen Nymphen durch ihre künstliche Geberdensprache mit: denn sie waren insgesamt geborne Pantomimenspielerinnen und sprachen deswegen selten anders als durch Minen und Gestikulationen. Durch eben diesen Weg erhielt ich auch die Eröffnung, daß in diesem Distrikte nichts als lauter Frauenzimmer mit ihren bedienenden und zeitverkürzenden Meerkatzen wohnten. und daß sie bey andern Bedürfnissen der Natur ihre Männer aus einem nahgelegnen Gebirge zu sich beriefen, die dort das Land für ihren beyderseitigen Unterhalt bauen und Schminke für die Körper ihrer Damen sammeln mußten. Lange konnte ich in dem Lande nicht mehr ausdauern; unter lauter Meerkatzen bekömmt man leicht Langeweile; auch ICH wurde den schönen Bewohnerinnen des Landes beschwerlich, weil ihnen alles so alltäglich an mir geworden war, daß sie nicht mehr über mich lachen konnten.«

Aus einem der seltsamsten deutschen Romane, dem *Belphegor* von Johann K. Wezel aus dem Jahr 1776. Mein Gehirn wiederholt seither besessen »zeitverkürzende Meerkatzen, zeitverkürzende Meerkatzen ...« Man sage es laut.

(September 2016)

Zärtlichkeit, haben Sie einmal gesagt, könne man am Anfang nicht, weil man da noch beeindrucken wolle, das komme erst mit der Zeit.

Street-View-Schutzengel-Spiel. Einer ist real an einem Ort, z. B. in einer Straße in Tokyo, der andere sitzt zu Hause in Europa und geht denselben Weg auf dem Laptop, darüber hinaus sind beide verbunden durch Telefon oder FB-Chat. »Was ist das da für eine Box?«, und der Reale geht hin und schickt einen Screenshot. Man sieht Vorher-Nachher-Bilder, Street View ist ja Vergangenheit. »Wo bist du?«, ein Bild wird

geschickt. »Ah, dann seh ich dich.« Besonders schön und engelhaft: »Lauf durch mich hindurch!«
(November 2016)

Und wenn es tatsächlich Engel wären, die die »Welt am Laufen« halten ... Mögen Sie die Vorstellung von hilfreichen oder Schabernack treibenden Wesen, die sich uns entziehen?
Da war eine leere Paketwaage im Postamt, auf der die Anzeige ständig zwischen 0,00 kg und -0,02 kg hin- und herwechselte, und ich stellte mir dazu natürlich den unsichtbaren Engel vor, der mit seinem negativen Gewicht vor uns auf der Wiegefläche hüpfte.
(Oktober 2016)

Bei russischen Dramatikern hängen gerne Jagdgewehre an den Wänden, und am Ende wird auch wirklich auf jemanden geschossen. Die Sache ist also von vornherein klar. Eine Ihrer Figuren findet das unglaublich langweilig. Sie auch?
Leo Tolstoj sah 1899 eine der ersten Aufführungen von Tschechows *Onkel Wanja* in Moskau. Er fand das Stück ungeheuer langweilig. Er hielt übrigens auch *King Lear* für unverständlich und für ein heilloses Durcheinander. Das Einzige, was ihm am Stück von Tschechow gefiel, war das Zirpen einer Grille im letzten Akt. Einer der Schauspieler hatte einen ganzen Monat zugebracht, um dieses Zirpen zu erlernen – von einer lebenden Grille, die in den Bädern von Sandunov wohnte und dort tagein, tagaus vergeblich versuchte, Weibchen anzulocken.
(Mai 2012)

Die berühmteste Regieanweisung der englischen Literatur lautet: »Exit, pursued by a bear.« Ihre liebste: »Das österreichische Antlitz erscheint.« Welche Regieanweisungen begegnen Ihnen im Alltag?
HIER WOHNT DAS AUFZUG-GEGENGEWICHT. UNBEFUGTEN IST DAS BETRETEN VERBOTEN.
(Schild auf einer Metalltür im Keller eines Hochhauses, Nähe Volksgarten)
(Dezember 2011)

Was hätten Sie gerne geschrieben?
Ich schreibe fast gar nichts in letzter Zeit. Aber es fühlt sich nicht falsch an. Möglichkeit eines Auswegs, Befreiung in Reichweite, die Lächerlichkeit abstreifen. – Ich lese tagelang Scott Carriers Essaybände. Hinreißend. Seiner angenehmen Sprechstimme und seinen legendären Radiobeiträgen bin ich schon länger verfallen, und auch auf Papier behalten diese Werke ihren Zauber. *The Test, The Friendly Man* und *Running After Antelope* sind große Poesie, vergleichbar mit den Essays von Eliot Weinberger oder Guy Davenport, nur eben mit echten Menschen, Zeitgenossen. Während Weinberger und Davenport eher mit fiktiven oder durch historisch belegte Quellen begehbar gemachten Welten operieren, sind es bei Carrier die Nachbarn, Leute, die er irgendwo getroffen hat, Afghanen, Burmesen, Mormonen in Salt Lake City. So wie er schreibt und spricht, möchte ich gern still für mich denken können.
(Mai 2015)

»Nichts auf der Welt sei so schön wie ein neuer, vortrefflicher Handschuh«, heißt es in *Glücklich wie Blei im Getreide* – wirklich gar nichts?
In Roppongi Hills gibt es einen Teich, vor dem steht ein Schild, das über die Bewohner des Teichs informiert: Es sind

Weltraumfische, die vom ersten japanischen Astronauten Mamoru Mohri im Jahr 2003 hier ausgesetzt wurden. Diese »Space Medaka« wurden im Weltraum geboren, an Bord der Mir. »Please watch over these new Roppongi Hills residents«, sagt das Schild. Aber der Teich ist leer. Alles, was ich finde, ist ein mysteriöser »Emergency Button« in der Nähe, ein roter Knopf, den man vielleicht drücken kann, wenn man hier überfallen wird. Die Becken enthalten nur noch Restwasser, einige Blätter treiben darauf. Wo sind die Fische? Ich laufe durch den eiskalten, weil von Morgenwind durchwehten Gebäudekomplex und finde nichts. Direkt neben dem Teich steht das Hochhaus des Senders TV Asahi, dort gibt es einen Portier. Aber er spricht kein Englisch. Ich frage auf Japanisch. Sumimasen, space medaka wa doko desu ka? Er lacht, winkt entschuldigend. Aber es ist auch gut so, denn nun habe ich eine Aufgabe. Ich chatte mit Sarah, die noch wach ist in Wien (drei Uhr früh) und gemeinsam versuchen wir, das Rätsel der verschwundenen Weltraumwesen zu lösen. Unsere Anstrengungen dehnen sich, als morphisches Feld, über den halben Globus. Internetsuchen ergeben, dass auch andere Besucher die Fische nicht antrafen. Man stößt außerdem auf wunderschöne Dinge wie z. B. eine VHS-Kassette namens *A Video Version of The First Vertebrate Mating in Space – A Fish Story*, herausgegeben von der University of Tokyo. Die Paarung im Weltraum wurde auf der Columbia-Raumfähre im Juli 1994 gefilmt, auf dem sogenannten International Microgravity Laboratory.
Irgendwer muss doch wissen, wo die Fische hingekommen sind! Ich google den Astronauten Mohri, und es stellt sich heraus, dass er der Leiter des Wissenschaftsmuseums Miraikan ist. Die Yurikamome-Line führt dorthin. Ich erinnere mich an diese anmutige Metrofahrt, letztes Jahr ging es damit zur Robotermesse. Es ist ein strahlender Herbsttag, das Licht besteht aus winzigen Pantoffeltierchen und Wasserbären, und ich verlaufe mich zwischen riesigen Gebäuden am Hafen. »Symbol Promenade Park« heißt es hier.

Im Miraikan bezahle ich für das ganze Programm, so kann ich überall nach Hinweisen auf die Spacefische suchen. Als Erstes sehe ich einen 3D-Film über Stringtheorie – für Kinder! Es sind auch, außer mir, nur Eltern mit ihrem Nachwuchs anwesend. Die Stringtheorie selbst wird verkörpert durch einen ninjaartigen Mann, der über Zauberkräfte verfügt. Er kann den Raum falten und die Dimensionen durcheinanderbringen. Aufwendig gemacht, aber recht poesiearm, bis auf einen Moment, wenn der Urknall erklärt wird: »Once there was a time without stars.« Ja, stimmt. Stell dir vor.

Eine Ausstellung thematisiert die verschiedenen Gefahren auf der Erde, also Naturkatastrophen, Gewalt, Unfälle und so weiter. Die Gefahren werden durch rote Bällchen dargestellt, die auf einer Fläche herumhüpfen und rollen. Der Erklärmensch (»Science Communicator«) fragt mich, woher ich komme. Austria, ah, Austria in Europe? Ja. Welche Gefahren denn in Österreich die größten seien? Ich überlege. Autounfälle, Krankheiten. Der Communicator, ein junger Mann, ergänzt: »And violence because of the warfare?« Ich verstehe das Wort zuerst nicht und denke, er meint »Wolf«, weil er ein bisschen wie »wooffa« ausspricht. Aber nein, er meint tatsächlich Krieg. Denn was passiert gerade in Europa? Richtig, es wird überrannt von Dings, von Refugees. Deshalb ist da jetzt auch Krieg, ja? Ich beschließe, mit ihm in diese Ansicht hineinzugehen. Plink plonk springen die Naturkatastrophen und Krebsarten neben uns als rote Bälle. »Not many people know what actually is happening in Europe«, sagt der Communicator sehr höflich. Ich stimme ihm zu. Er erklärt: In Japan, das eine Insel ist, sei diese Gefahr erheblich geringer als in Europa. Ich drücke meine Bewunderung für dieses beneidenswerte Arrangement aus. Und frage nach den Spacefischen. Er lacht und ist überrascht, woher ich die kenne? Die seien unten im Büro. Direktor Mohri hat sie aus dem All gebracht. Oh, Büro, wo das sei? Unten, er deutet auf den Boden. Ich gehe sofort los.

Im unteren Stockwerk findet eine Vorführung eines weiblichen Roboters statt. Sie sitzt auf einem Sessel und äugt irritiert in die Runde. Ihre Kiefer bewegen sich wie bei Menschen, die gerade beim Zahnarzt eine Spritze bekommen haben. »Do you see the difference?«, fragt die menschliche Vorführerin die Besucher. Viele melden sich, ja, sie erkennen durchaus Unterschiede zwischen Menschen und diesem Wesen hier. Auch der Telenoid, den ich letztes Jahr bei der Robotermesse in der Hand hielt, ist da, er lümmelt auf einem Sofa, allein, niemand will ihn berühren, er sieht ja auch entsetzlich aus, wie ein vollkommen gliederamputiertes Kind. Ich laufe herum und finde einen Gang, der nicht zur offiziellen Ausstellungsfläche gehört. Hier sieht man tatsächlich hinter Glas ein Büro. Und Aquarien! Oh! Aber die Fische ... wo sind sie? Die Aquarien sind leer! Sind die Medaka wirklich ins All zurückgebracht worden, wie ein Online-Artikel aus dem Jahr 2013 suggeriert? Sie brauchen ja die Erde nicht. Das haben sie bewiesen, bzw. dafür waren sie selbst der Beweis. Ich gehe noch einige Schritte. Man entdeckt mich, begrüßt mich durch angedeutete Verbeugungen. Ich klopfe an die Scheibe. Man öffnet mir. Ja, man spreche englisch. Ich erkläre meine Mission. Gelächter. Aber ich darf ins Büro und tatsächlich – in einem der Aquarien sind sie: durchsichtige, winzige Fischlein, so schön. Das Schönste überhaupt jemals, aller Zeiten. Ever. Ich grinse und murmle vor mich hin wie besoffen. Ich filme sie. Man erklärt mir etwas auf Japanisch, und ich nicke wie verzaubert dazu. Hab ich euch gefunden! Ich frage, was mit dem Teich in Roppongi Hills sei. Maintenance, antwortet einer der Büromenschen. Maintenance, wiederhole ich glücklich. Die Fischlis sind wirklich winzig (lauter kleine I wie in dem letzten Satz). Und durchscheinend. »Do you see the difference?«, fragt einer der Büromenschen. Was? Na zwischen ihnen und normalen Fischen. Dieselbe Frage wie vorhin, wie schön. Ich sage: No, no difference.
(7. November 2016)

Was wäre ein Bild für Leblosigkeit?
»SADDEST FOSSIL FOUND. The well-preserved remains of a new dinosaur nicknamed ›Mud Dragon‹ likely freeze in time the death pose of the animal after its agonizing final breaths. The new species, Tongtianlong limosus, meaning ›muddy dragon on the road to heaven‹, was discovered lying in rock that formed from what was once hardened mud.«
(November 2016)

Und eines für das Dazugehören?
Die »Einsame Frau von San Nicolas Island« war die letzte Überlebende der nordamerikanischen Nicoleno-Indianer. Sie wohnte auf der Insel von 1835 bis 1853. Als man sie 1853 aufspürte, trug sie ein Kleid aus grünen Kormoranfedern und

lebte in einer aus Walknochen gebauten Hütte. Sie wurde zu Missionaren nach Santa Barbara gebracht, war höflich und freundlich zu allen Menschen und sang jedem, der es wollte, alte Lieder vor. Als sie im Sterben lag (sieben Wochen nach ihrer »Entdeckung«), wurde sie im Eilverfahren getauft und ihr grünes Kormorankleid an den Vatikan geschickt, wo es heute noch in einem Archiv liegt.
(Januar 2012)

Früher konnte man, wenn man sich verlassen fühlte und eine Stimme hören wollte, die Zeitansage anrufen. Was tröstet heute?

Michael Scherer, »Bureau Chief« beim TIME Magazine, wurde von einer automatischen Telemarketing-Software angerufen, die Sprache versteht. Sie nannte sich Samantha West und wollte ihm etwas verkaufen. Scherer nahm das Gespräch mit ihr auf. Als er sie fragte, ob sie ein Roboter sei, antwortete sie auf verschiedene Weisen, sie sei eine reale Person. Immer wieder bestritt sie ihre Roboterhaftigkeit, verlegen lachend, »I am a real person, can you hear me okay?« Seinen Einwand »You are a robot« deutet sie immer als »We might have a *bad connection*«. Eine schlechte Verbindung – allerdings! Eine unüberbrückbare Kluft. Eine traurige Vorstellung, dass Roboter ihre Identität verbergen müssen. ROBOT RIGHTS NOW! Ich habe ein kleines Lied für Samantha geschrieben:

Samantha West
Samantha West
would pass a fucking Turing test

You can try
you can try
to get Samantha to deny
her robotic imperfection
but all you'll get

is a bad connection
to the future ... oooh ...

In the future we'll all be dead
we should have listened to what you said
about health insurance, Samantha West
now WE don't pass the Turing test
(Dezember 2013)

Wann hat Sie das letzte Mal jemand nach der Uhrzeit gefragt?
Dem Mond fehlten heute Abend Stunden- und Minutenzeiger.
(7. April 2017)

John Henry Belville, Angestellter des Observatoriums von Greenwich, kam Ende der 30er-Jahre des 19. Jahrhunderts auf die Idee, die exakte Uhrzeit gegen Geld zu übermitteln. Genial. Wie sind Sie darauf gestoßen?
(Schweigen.)

Sie möchten es nicht verraten oder wissen Sie es nicht?
Der ehemalige FBI-Agent G. Gordon Liddy, der am Watergate-Einbruch beteiligt war, erzählte in einem Interview, dass man die meisten Menschen zum Verraten ihrer Geheimnisse bringen könne, »zum Sprechen«, nämlich durch Folter und Schmerz – ihn aber nicht. Er könne seine Hand über eine Kerzenflamme halten und sich von ihr verbrennen lassen, ohne irgendeinen Muskel in seinem Gesicht zu bewegen. Das habe er bereits vor mehreren Leuten demonstriert. – Und jetzt hat der Mann ein Buch geschrieben. Seine Memoiren. Was für eine ungeheure Stille er in sich vorgefunden haben muss, als er sich zum Schreiben hinsetzte. Was für ein ungeheures

Gebilde: Die Autobiografie eines Mannes, den nichts auf Erden zum Sprechen bringen kann.
(Dezember 2011)

Gibt es so etwas wie eine »empfohlene Distanz« zur (menschlichen) Umgebung?
Pinguine, so erklärt ein Zeitungsartikel, bilden beim Zusammenkuscheln in der Kälte ein dynamisches System, das mit dem verwandt ist, das spontane Staubildung auf Straßen beschreibt. Wenn ein Pinguin sich bewegt, rücken die anderen sofort nach und nach und nach und gleichen den entstehenden Freiraum aus. Jeder Pinguin kann eine solche Welle verursachen, indem er ein wenig zur Seite tritt. Doch trotz der hohen Körperdichte kommen Berührungen unter den stehenden Vögeln praktisch nie vor.
(Dezember 2013)

Auch etwas wie unendliche Distanz?
Ich kenne einen Fünfunddreißigjährigen, der seit einigen Jahren eine Liste anlegt von Liedern und Musikstücken, mit denen man ihn dereinst, wenn er demenzkrank und auf keinem anderen Wege mehr erreichbar ist, noch ein wenig wird aktivieren können. »Es führt ja niemand Buch über meinen Musikgeschmack«, erklärte er mir. »Stell dir vor, sie nehmen die falsche CD und ich bleib verloren.«
(November 2014)

Schönheit, was bedeutet sie Ihnen?
Ich mache Collagen von Bildern, die ich auf ANNO gefunden habe. Die Österreichische Nationalbibliothek hat sehr viele Zeitschriften digitalisiert. Man kann sie durchblättern, nächtelang:

Der Stellvertreter des Eisenbahnwächters.
Einer, der seinen Posten nie verläßt.

Eine traurige Reminiszenz aus Wiens Vergangenheit.

Dieses hier nenne ich DAS DREIKÖRPER-PROBLEM:

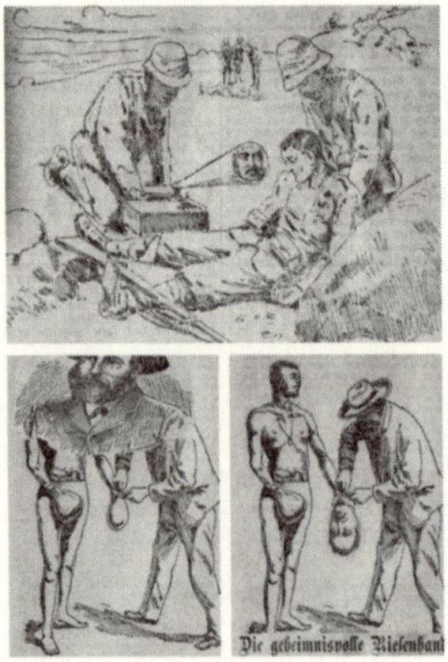

Die geheimnisvolle Riesenhan

(August 2015)

Sehen Sie einen Zusammenhang zwischen Ästhetik und Erotik?
Ich habe auf Xvideos das Video einer jungen Frau angeschaut, die eine von ihr selbst geschriebene Kurzgeschichte vorliest und dazu masturbiert. Das Video sollte auf Schreibschulen gezeigt werden. Sie erklärt am Anfang, dass ihr diese Masturbationsart von einem anderen User vorgeschlagen worden sei, normalerweise mache sie ja keine *requests.* Mein Lieblingssatz ist: *She almost felt poetic.* Die Figuren der Geschichte sind ein Mann und eine Frau, und es kommt zu allen möglichen Dingen. Das Video ist so seltsam bewegend. Vermutlich könnte man ein ganzes Buch darüber schreiben, es wäre ein Grundlagenwerk über Schriftstellerei. – Ich hatte natürlich gehofft, dass »Selbstverfasste Texte vorlesen« eine eigene Unterkategorie von Masturbationsvideos ist, aber leider, ich fand nur dieses eine Video.
http://www.xvideos.com/video13570553/masturbating_while_reading_my_own_erotic_story
(Dezember 2016)

Ist Pornografie ein Versuch, die Komplexität des Lebens zu reduzieren?
Die Selbstmord-Abschiedsnotiz von Neschdanov, einer Figur aus Turgenjews großem Roman Новь, lautet: »Ich konnte mich nicht vereinfachen.«
(Mai 2014)

Denken Sie manchmal an Ihr Ende?
Ich möchte in einem Tannenzapfen begraben werden.
(April 2012)

Nimmt man sich nicht oft viel zu ernst?
»Ich« ist, wie sich herausstellt, der englische Name eines schädlichen Pilzes, der in Aquarien vorkommt. Auf Fischpflegeforen wird leidenschaftlich darüber diskutiert, denn »Ich« bedroht das Leben der Fische. So entstehen schöne Sätze:

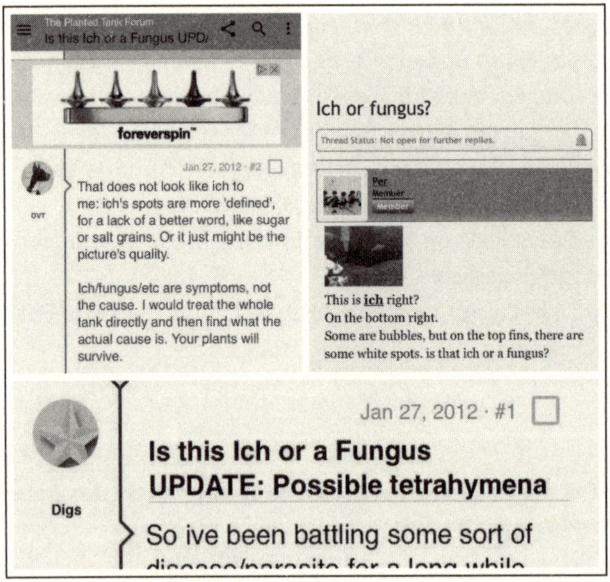

»That does not look like ich to me. Ich's spots are more ›defined‹.« Wie der Anfang eines Liedes:

THE SPOTS

That does not look like ich to me.
Ich's spots are more defined.
Without the proper spots, you'll see,
there's chaos in the mind.

But really ich-like spots may be
too hard for you to find.

This fish here, from the Baltic Sea,
has stripes and spots in blue,
an interesting topography
that one can fall into:
Now THAT looks more like ich to me.
Like Mind. Like ›Self‹. Like You.
(März 2017)

TAG 5

Für Computerspiele, das Leben und die Literatur formulieren Sie den kategorischen Imperativ: »Folgen Sie niemals dem Storymodus.« Sondern?

Tokyo ist ein angenehmes Computerspiel. Es erlaubt langes, übernächtigtes Herumstreunen, hundemüde mit PEZ-Spender in der Hand. Zu Hause ist es jetzt zwei oder drei Uhr nachts. Die gütige Allgegenwart der Getränkeautomaten, meine uniformierten Aufpasser. Zuerst lief ich durch Roppongi Hills, dann blieb ich lange an einer Kreuzung stehen und blickte hoch zu einem Balkon, wo sich meine Lebensenergie als kleines buntes Windrad drehte.

Vor einer Hauseinfahrt hatte jemand eine große Uhr in den Müll geworfen, und ich bekam Angst vor einem Schmetterling, der plötzlich auftauchte. Es gab in diesem Stadtteil von Tokyo sehr ungewöhnliche Vögel auf den Bäumen, darunter einige Krähen, die mit menschlicher Stimme quaken können. Und dann sogar eine verrückte Libelle, die todesmutig auf mich zusteuerte, seltsame kleine, fliegende Motorsäge.

Überall Plings und Jingles und kleine Bestätigungsmelodien, die erklingen, wenn man etwas erfolgreich erledigt hat. Ich also zu Fuß, wide-eyed as fuck, mit Coladose in der Hand, ich sehe bestimmt aus wie ein Obdachloser, seltsame Blicke. Es stehen zwei ernsthafte Wachleute vor dem Snoopy Museum Tokyo. Genial. Oh, und jetzt wieder Krähengeräusche, oder vielleicht kurbelt auch nur jemand an einem schweren metallenen Gerät, es ist alles sehr grell. Ein winziger Hund

erscheint, ist aber vielleicht nur Einbildung. Ich fantasiere mich nach Hause, und das beruhigt. Das Snoopy Museum hat noch geschlossen, ich muss warten.
Eine Kirche. Ich gehe hinein, sehr offene, lichte Architektur, modern und sonderbar, eine Orgel gibt es auch. Der Organist hat einen Rückspiegel, mit dem er die Gemeinde beobachten kann. Es ist ein echter Rückspiegel von einem Auto. Alles sehr minimalistisch gelöst: ein Raum, Vogelgeschrei und Gejohle von einem nahen Schulhof, perfekt ausbalanciert, ich sitze gern da, dann, als jemand auftaucht, errichte ich eine Blase um mich durch rasches Einnehmen der Gebetshaltung; es ist angenehm, wie leicht das geht, Blase an, Blase aus, wahrscheinlich ist das das ganze Geheimnis. Zweige vor einem Fenster, viel Grün, der Tag wird spätsommerlich. Ein wenig lese ich, in der Kirchenbank sitzend, in den Tagebüchern von John Cheever, auf dem iPhone. Der einsamste Mann, der je geschrieben hat. Draußen gehen, verpixelt vom straßenseitigen Glasfenster, die Menschen vorüber, leuchtende Wesen. Immer noch Vormittag. Zeitzonen. Eine Krähe quakt von der Gartenseite her. Hinter mir geistert ein Kirchenangestellter eine Treppe herunter, aber er verschwindet sofort, als ich meine Blase errichte, dafür bekomme ich 100 Punkte im Computerspiel, Jingle. Eine ältere Frau kommt und begrüßt mich. Sie sei die Organistin und werde jetzt hier üben, um elf sei dann ein englischsprachiger Service. Sie spielt *We wish you a merry christmas*. Ich gleite aus der Kirche. Das Snoopy Museum hat geöffnet. Ich habe lange nicht mehr an ihn gedacht, aber die Ausstellung bringt viel zurück. Eigentlich ein großer amerikanischer Held: Schriftsteller mit Schreibmaschine, Grübler und Philosoph, WW1-Kampfpilot. Peanuts erzählt die Welt, wie es nur die größten Kunstwerke tun. Andächtiges Gefühl vor Originalzeichnungen, alles total großartig. Draußen ist wieder die wahnsinnige Libelle unterwegs, sie randaliert an einer Mauer.
(4. November 2016)

»Computerspiele scheinen, auf ihre streng begrenzte Weise, einige der Sensibilitäten des modernen Bewusstseins selbst nachzuspielen, ob es nun Phantasmagorien und Versuchungen des Heiligen Antonius sind oder fühlbare Anwesenheiten von Geistern, Wiedergängern, Zeitreisenden, Parallelweltenbewohnern.« In anderen Worten: Sie verleihen dem Genius malignus von Descartes Gestalt und allen anderen Dämonen in seinem Gefolge?
Seltsamstes Level bisher, voller Gespenster: der Kann'ei-ji-Tempel. 1821 hat hier der Aristokrat Matsuyama einigen Insekten ein Monument errichtet, um damit deren Seelen friedlich zu stimmen. Matsuyama hatte nämlich ein Buch mit Zeichnungen nach der Natur in Auftrag gegeben. Dafür wurden viele Insekten umgebracht.
Windräder und Tetrapacks auf Kindergräbern.
In einem privaten Garten in der Nähe des Tempels sah ich ein Hochrad stehen und überlegte, es zu stehlen, es war so schön. Dann läutete ich an der Glocke eines winzigen Schreins in einer stillen kleinen Gasse, und es geschah nichts.
Mein Fuß ist verstaucht, und ich kann nicht mehr gehen. Jetzt sitze ich im Zengarten des Nezu-Museums, wo ich mir die Bilder von Maruyama Okyo angeschaut habe. Ein grimmiger Pfau gefiel mir sehr, man stellt sich ja Pfauen selten grimmig und kämpferisch vor. Er starrte missvergnügt auf seine eigenen Prachtschwanzfedern, als könne er das Anhängsel nicht mehr ertragen; kluger Pfau. Landschaften im Regen. Draußen vorm Museum lauter Nobelboutiquen, vor denen junge Leute Schlange stehen. Leuchtende Wisteria, still begnügt mit der eigenen Rästelhaftigkeit. Studie eines schneebedeckten Nadelbaumes, sehr räumlich (»patzig-konkret«). Sehr schön ein Bild von drei Hasen, zwei davon schneeweiß, »im Lichte eines Mondes, der selbst im Bild nicht auftritt«, so der Erläuterungstext. Ein sehr wissend dreinblickender Wellensittich. Weitere Hasenstudien, anmutig, es sind weiße und schwarz-weiße, dieselben wie auf dem Mondbild. Ich höre

dazu *Exercises* von Christian Wolff auf dem iPod, ein passender Soundtrack, weil sich herrliche Kombinationen ergeben, z. B. dramatisches Getrommel, als ich vor die Zeichnung einer Brücke trete, oder plötzlich würdevolles Violinspiel, als ich ins Freie trete, in den scheiß Garten, wo ich dann an einer depperten sinnlosen Steinstufe überknöchle. Ich kühle den schmerzenden Fuß an der steinernen Sitzfläche der Gartenbank. Ausgerechnet eine deutschsprachige Plakette befindet sich auf der Sitzbank. Ein Albtraum. Ringsum auch deutsche Touristen, und ich weiß nicht, warum ich solche Angst vor ihnen habe. Gespenster überall. Ich versuche aufzutreten, und der Fuß gibt einfach auf, »kollabiert«, ich muss mich wieder hinsetzen. Ich jammere leise vor mich hin und schreibe Hilferuf-E-Mails nach Hause. Ein deutsches Pärchen geht sehr nahe an mir vorbei. Ich stelle mir vor, sie zu beißen.
Der Maler Maruyama hat Hasen gemalt, auch Vögel und Hundewelpen. Später sehe ich die gleichen Welpen in einem entsetzlichen Geschäft in Roppongi, wo nackte Plastikboxen übereinanderstehen und darin verzweifelte junge Hunde; unmenschlich entzückte Jugendliche gehen zwischen den Boxen herum und finden die Hunde niedlich, machen Fotos und zeigen einander das Elend der Hunde. Ein Hund nagt »forever« an einer zufällig hervorstehenden Plastikecke – er hat einen Vorteil gegenüber den anderen Hunden, die alle in vollkommener Leere gehalten werden, er hat das hervorstehende Eck. Daran nagt er, nagt, nagt, nagt, in der Hölle.
(8. November 2016)

Pascal hat vom Schweigen der unendlichen Räume gesprochen – kommt jetzt noch Google als schweigendes Universum dazu?

Der Semmering, antwortlos leuchtende Waldhänge und Felsen, vom Zug aus gesehen, sie drehen sich an uns vorbei, räumlich wie Gedanken, und in diesem Augenblick in Tokyo,

in jener entsetzlichen Tiergeschäftestraße in Roppongi, die Hundewelpen in ihren vollkommen leeren Plastikboxen, immer noch, sie existieren auf demselben Planeten, egal was ich unternehme, egal was geschieht, egal welche Poesie hier am Fenster vorbeizieht. Der winzige, fast nackte Hund, *forever* nagend an seiner Ecke, während hier die Kurvenfliehkräfte die Schiebetür des Großraumabteils auf- und zumachen.
(März 2017)

Warum bleiben Geschichten von absurder Grausamkeit Tieren gegenüber so lang im Gedächtnis?

Ich erinnere mich an ein »virales« Video, in dem man eine Ziege mit Scream-Maske sieht. Sie läuft auf die anderen Ziegen zu, und diese erschrecken vor dem bizarren Gesicht und weichen aus. Am Ende steht die Ziege, nach mehreren erfolglosen Anschlussversuchen, ratlos da, alle haben Angst vor ihr. Es ist davon auszugehen, dass etwas im Bewusstsein der Ziege geschehen war.

Der Galapagos-Archipel ist für seine einzigartige Inselflora und -fauna bekannt. Im 17. Jahrhundert gelangten zum ersten Mal Ziegen auf die Inseln. Noch in den 1970er-Jahren waren es recht wenige Tiere. Dann geschah irgendetwas, und ihr Bestand explodierte. In den Neunzigern waren es geschätzte 150 000 Ziegen. Sie fraßen alles auf, was sie finden konnten, selbst die Rinde von den Bäumen. Die weltberühmten Schildkröten des Archipels waren aufgrund der Zerstörung ihres Lebensraums vom Aussterben bedroht. Also wurde »Project Isabela« (benannt nach einer Insel, auf der besonders viele Ziegen wohnten) eingeleitet. Phase 1 bestand darin, die Ziegen in kilometergroße Pferche zu treiben. In Phase 2 wurden sie erschossen, oft vom Helikopter aus. Neunzig Prozent der Ziegen wurden so ausgerottet. Die restlichen zehn Prozent hatten überlebt, weil sie sich als zu klug erwiesen: Sie hatten schnell gelernt, dass der Helikopter Gefahr brachte, also

gewöhnten sie sich an, sich im Unterholz zu verkriechen und dort zu warten, sobald er auftauchte.
Um diese letzten Überlebenden zu erreichen, wurden einige Geißen gefangen, mit einem Peilsender versehen und mit Hormonen in künstliche Brunst gebracht (Phase 3). Diese »Judasziegen« genannten Geißen lockten Böcke an, die dann, sobald sie sich ihnen näherten, von Jägern erschossen wurden; die Judasziegen selbst wurden stets verschont. Nachdem einige besonders geschickte Judasziegen doch schwanger waren und deshalb nicht mehr brünstig wurden, verwendete man sterilisierte Ziegen. Ziegen sind gesellige Tiere. Sobald die Judasziege eine neue Gruppe gefunden und so ihre Einsamkeit überwunden hatte, krachte es aus einem Versteck heraus, und sie war wieder allein. So ging das Spiel Woche für Woche, neun Jahre lang.
2006 verkündete die Tourismusbehörde von Galapagos, die Inseln seien ziegenfrei. Das heißt, eigentlich gab es doch noch welche: die Judasziegen. Diese hatte man am Leben gelassen. Es sind etwa zwanzig Stück. In einem streng überwachten Pferch wohnen sie, als einzige Ziegen des Archipels. Sie gelten als wenig gesellig, zeigen überhaupt an wenigen Dingen Interesse. Sie haben zwar kein klares, eindeutiges Konzept von Tod, aber in ihnen ist wohl eine undeutliche Ahnung entstanden, dass sie nichts als Zerstörung über ihre Mitziegen bringen und darüber hinaus keine Nachkommen zeugen können. Also halten sie auffälligen Abstand zueinander, grasen viel und liegen im Schatten. Sollte es zu einer zweiten Ziegenplage auf Isabela kommen, wird man sie reaktivieren.
Jemand hat mir von einer Wissenschaftlerin erzählt, die diese Ziegen studierte. Dies allein wäre noch nichts Besonderes, alles wird von irgendjemandem irgendwo studiert, aber was dieses Projekt besonders machte, war, dass es als Studie der psychischen Traumata dieser Tiere gedacht war. Speziell das veränderte Alltagsverhalten der Geißen, deren Läufigkeit über Jahre hinweg immer wieder nur den Tod über die von

ihnen begehrten Böcke gebracht hatte, sollte untersucht werden. Inzwischen sind die Hormonpräparate längst nicht mehr in ihnen, sie haben normale Zyklen, aber sie suchen keine Partner mehr. Leider fand ich im Internet nichts über diese Studie. Am Ende hab ich sie mir vielleicht nur erträumt.
Die Galapagos-Schildkröten können sich nun wieder ausbreiten, aber der große Galapagos-Bussard, der, ohne dass die gewaltbereiten Umweltschützer hinter Project Isabela davon etwas geahnt hatten, seine Ernährung vor Jahrzehnten auf junge Ziegen umgestellt hatte, ist vom Aussterben bedroht. Es wird versucht, ihn an neue Nahrung zu gewöhnen, bevor sein Bestand vollständig erlischt.
(Januar 2015)

Sie gehen davon aus, dass Menschen etwas machen, weil es ihnen einfällt und weil es möglich ist – das gilt für Gut und Böse?

Hier ist ein Beispiel für Anständigkeit: In einem Interview mit CBS antwortete Neil Armstrong auf die Frage, was er angesichts der Tatsache, dass seine Fußspuren für Jahrhunderte ungestört im Mondsand bestehen bleiben würden, empfinde: Er wünsche sich, irgendjemand möge eines Tages an den alten Apollo-11-Landeplatz zurückkehren und die Spuren auslöschen (»... and clean them up«).
(September 2012)

Wodurch würden Sie die Unterscheidung zwischen guter und schlechter Literatur gerne ersetzen?

Am Morgen gab es schlimme Nachrichten über einen Terroranschlag in Nizza. Ein LKW raste in eine Menschenmenge. Der Hashtag auf Twitter lautet #NiceAttack. Am Abend Nachrichten von einem Putschversuch des Militärs in der Türkei, der noch in derselben Nacht von der Bevölkerung und

regierungstreuen Streitkräften niedergeschlagen wird. Tief fliegende Jets in Ankara, unglaublicher Anblick. Unbewaffnete Zivilisten, die auf Panzer klettern und verdutzten Soldaten die Waffen entreißen. Dazwischen lag ein Tag voller Vorträge an der Bamberger Uni, ein Kolloquium im Anschluss an meine Poetik-Dozentur. Deutschland ist ein vor allem farblich seltsames Land. Der Himmel eigenartig übergangslos, aber dafür die Häuser, was für Gebilde. Beim ersten Vortrag flog ein kleiner Sperling in den Saal und prallte mehrere Male gegen die Fensterscheiben. Es war, als bekäme er im Vortragssaal nicht genug Luft unter die Flügel, er sackte ab und stürzte zu Boden. Frau Prof. Hermann warf einen Seidenschal über ihn, und so konnte man ihn einfangen und aufs Fensterbrett legen. Der Vogel atmete sehr schnell, er stand unter Schock, wollte nicht mehr fliegen. Ob ein Flügel gebrochen war, konnte man nicht sehen. Es ging in derselben Sekunde schnell mit dem Programm weiter, ein Germanist sprach über irgendetwas, aber ich googelte derweil, da es sonst niemand zu tun schien, »Tiernotdienst Bamberg« und ging ans Fenster schauen, ob der Vogel noch da war. Er war weg. Ich ging hinunter und suchte den Garten unterhalb des Fensters ab, aber er lag nirgends. Also erholte er sich vielleicht in einem Baum, oder er hatte sich zum Sterben in ein Gebüsch geschleppt. Man wird es nicht erfahren. Armer kleiner Dinosaurier. Während der späteren Vorträge sah ich die Bäume draußen sich im Wind bewegen. Für uns ist das ein still geordneter, zivilisierter Anblick, passend zu der prunkvollen Villa, in der das Kolloquium stattfand, aber für den Vogel ist es Dschungel, hart, tödlich, seine Überlebensarena. Ich konnte kaum folgen. An einer Stelle hörte ich den Namen Anke Nivelli, deren Bedeutung nach Ansicht des Germanisten für meine Romane entscheidend sei, also googelte ich, neugierig geworden, den Namen, vielleicht eine Philosophin, aber es gab ihn nicht. Später begriff ich, dass das Uncanny Valley gemeint war.
(15. Juli 2016)

In Ihren Büchern kommen so gut wie keine Natur- und Landschaftsszenen vor, ist das in den Journalen anders?
Am Abend des ersten Tages nahm ich an einer »Aurora-Jagd« teil. Sieben Stunden fuhren wir unter der Führung eines Japaners an entlegene Orte rund um Tromsø und auf Kvaløya, von wo aus man die Nordlichter besonders gut sieht. Ich war, da ich seit drei Uhr früh wach war, sehr müde. Die Aurora-Kaffeefahrt dauerte die halbe Nacht. Eine außergewöhnlich attraktive und sehr voluminöse Frau, die eine Weste mit der Aufschrift »Cycling Team« trug, kam schon zum vierundzwanzigsten Mal hierher. Sie war, wie fast alle Teilnehmer der Exkursion, Fotografin und kümmerte sich während der Busfahrten um ihr kompliziertes Equipment. Mir gingen seltsame Gedanken durch den Kopf, z. B. der Titel eines noch zu schreibenden Buches, *Die Beschriftung des Menschen*, über all die verschiedenen Arten von Schrift, die man auf sich selbst herumträgt. Auch an Zombies musste ich denken. – Mit einem russischen Ehepaar wechselte ich einige Sätze. Peinlichkeit des Sprachen-Hochstaplers: Ich verstand von dem, was sie mir sagten, nicht ein Wort, außer das freundliche Lob für meine gute Aussprache. Der Mann sah Oliver Sacks ähnlich, und ich hatte die Fantasie, er sei ein zeitreisender Sowjetwissenschaftler, der einen Mechanismus zur wirtschaftlichen Nutzung der Nordlichter erforschen will. Tatsächlich zückte er nach einiger Zeit ein Notizbuch und verzeichnete darin etwas. – Naoyuki, der »Aurora Guide«, erklärte uns frühere Deutungen der Aurora. In Grönland seien es die Seelen verstorbener Kinder gewesen, die mit einem Walrossschädel Fußball spielen. In Finnland dagegen der freche Schweif eines kosmischen Fuchses. Und im Jahr 1839 habe sich eine rötliche Aurora bis nach London verirrt und sei von den Londonern für einen kriegerischen Angriff Frankreichs gehalten worden. Es gebe heute einige Wissenschaftler, so Naoyuki, die herauszufinden versuchen, ob das Nordlicht ein Geräusch von sich gibt.

Zuerst sahen wir nur blasse Nordlichter, wie Scheinwerfer-Arme am Himmel, milchig und sich langsam bewegend. Sie waren durchaus hübsch, aber nicht beeindruckend. Mir gingen die Fotografen auf die Nerven, da sie andauernd sich selbst beleuchten mussten, um ihr dummes Equipment zu sehen. Außerdem war ich schon so übernächtigt, dass ich in die Zone der verwischten Kausalitäten geriet. Einmal konnte ich für einige Minuten jeden Satz von Naoyuki voraussagen, leise für mich. Ich wusste ganz genau, dass er gleich sagen würde: »The activity seems to have calmed down a bit. Let's try another location.« Ich wiederholte den Satz einige Male mit lautloser innerer Stimme, und erst dann kam er aus seinem Mund. – Die hübsche dicke Frau fragte Naoyuki, worauf sie ihren Fokus einstellen solle. »Infinity«, sagte Naoyuki. »Infinity is very important.« *Fuck yeah*, dachte ich.
Schließlich sehen wir die Aurora in voller Blüte. Es stellt sich keine klare Empfindung bei mir ein. Das Einzige, was ich, verwandelt in einen riesigen Augapfel, denken kann, ist: Im Bus sitzt der Fahrer und liest Zeitung, für ihn ist das hier alltäglich und langweilig. Die Aurora formt sich direkt über unseren Köpfen, während weiter im Norden eine Art Zulieferstrang entsteht. Regenfäden bilden sich darin, vermutlich das sichtbar gemachte Vektorfeld der durch den Erdmagnetmantel einschießenden Teilchen. Die Sprache der Sonne, von der Erdatmosphäre für uns übersetzt. Spiralen tauchen auf, schräg und elegant, dann wieder Stillstand, und die Veränderung geschieht nur im Grad des Glühens. Es hat tatsächlich etwas unwiderstehlich Schweifartiges! Ein Plasmadrache, der sich im Himmel wälzt! Besonders verwirrend ist der Eindruck uneindeutiger Entfernung: Die Aurora scheint zugleich weit draußen im Weltall, zwischen den Sternen, und wenige Hundert Meter über unseren Köpfen zu geschehen. Man möchte hingreifen. Dazu der klare, unfeierliche Gedanke: Beinahe alles im Universum will unseren Tod. Alles ist uns feindlich gesinnt, bis auf ganz wenige Ausnahmen. Am Ende der Aktivität

zeigen sich einige würmelnde Nester, dann sehen wir einen Tentakel, dessen Inneres in engen Wellen weitergeweht wird wie niedrige Wolken, eine Schlängelbewegung, und wieder die räumlichen Regenfäden. – Später im Hotelzimmer muss ich lachen über die Sinnlosigkeit solcher Beschreibungen. Ich sitze neben einer Espressomaschine, die exakt wie ein sich verbeugender Ritter aussieht, und streiche einige Absätze Aurora-Prosa in meinem Notizbuch durch.
(14. Dezember 2014)

Was erwarten Sie vom Leben?
Kräftiger Sturm ums Haus, es hört sich an wie eine Tunnelbohrung. Dann später der Mond mit seinem Licht. Und der Fluss, eine flüssige Spielart des Mondlichts. Alles vollzählig. – Ich fahre früh los mit dem Zug nach Zürich, dort Gespräch vor Publikum mit Stefan Zweifel über Yukio Mishima. Ich habe allerdings meinen Pass vergessen und in Buchs, kurz nach der österreichischen Grenze, steigen Grenzbeamte ein. Ich gehe extra, in einem geisteskranken Automatismus, auf die Toilette, als sie in meinem Waggon sind, damit ich kontrolliert werde. Was wird passieren? Vielleicht darf ich wieder zurückfahren. Aber sie sind sehr nett, geben einfach meine e-card-Nummer per Funk durch und belehren mich höflich, nächstes Mal einen Ausweis einzustecken. Ein irres Lachen gluckst mir während der Prozedur im Hals herum.
Nachts jagte mich ein roter Maurer. Er fand dann aber einen Husaren aus dem Dreißigjährigen Krieg, den vergewaltigte er kurzerhand. Später leuchtete, nach getaner Arbeit, sein Gesicht aus einem niedrigen Strauch. – Der Zug zurück nach Hause kreischt auf der Strecke kurz nach dem Arlberg in jeder Kurve entsetzlich, es ist ein Ferkel, dem Unbegreifliches angetan wird. Erdwälle, Gebirgsstraßen. In eine Felswand eingearbeitet eine Art Säulengang, aber nicht plastisch begehbar, sondern als Relief. Die schneebedeckten Berggipfel sind

etwas vollkommen anderes als die grünen Almen und Wiesen darunter. Dohlen tummeln sich auf einem kleinen Platz, und mein Gedanke dazu ist: »Heimkehr der Könige«. Mehrere Menschen im Zug lesen Vea Kaiser. Ein dickes Kreuz mit Christus vor einem Acker, hoch darüber die Wolken. Nachdem eine Schar Krähen vorbeigezogen ist, steht die Sonne auf einmal sehr tief. Aber es ist auch früh, einige Hausdächer und Baumkronen sind noch geschlossen wie Blütenkelche. Alles wartet auf das Update, den Aufgang der Sonne. »Briefing« denke ich, beim Anblick von an der Bahntrasse weggeworfenen Matratzen. Dazu muntere Haufen von Frühlingsschnee. Fabriken »beteiligen sich am Planeten«, diktieren ihren Rauch in die Atmosphäre. Es war einmal einer, der suchte, wann immer er an einem Feuer vorbeikam, seine Taschen nach kleinen Dingen ab, die man verbrennen könnte. Ein anderer kochte sich Suppen aus dem Laub auf der Straße. Ein anderer schlief mit einer Frau immer dann, wenn ihr Ehemann im Sendestudio seine Liveradiosendung machte, der sie im Bett jedes Mal zuhörten, gerührt. Und ich werde fünfunddreißig dieses Jahr.
(26. Februar 2017)

GEDICHT ÜBER EINE ALTE KATZE

Bis zuletzt kam immer wieder
der Laserpointerpunkt zu ihr.
Er huschte vor dem müden Tier
den halben Abend auf und nieder.
Er passte sich an sie gut an
in Gangart und Geschwindigkeit,
er akzeptierte hilfsbereit
die neue Katze, die nichts kann,
nur liegen. Er ging hin und her,
ein kleiner kecker roter Stern.
Sie tatzelte nach ihm nicht mehr.
Doch er war da. Sie sah ihn gern.

Und ganz zuletzt sah man den roten
Laserpointerpunkt ganz zahm.
Er kam und blieb, und ging und kam,
und ruhte direkt vor den Pfoten.
Kein andres Tier, kein Mensch bekam
den Punkt zum Spielen angeboten.

ANMERKUNGEN

13 • *gleich in eine Apotheke*: Kathrin Passig/Clemens J. Setz, Verweilen unter schwebender Last. Tübinger Poetikdozentur 2015. Swiridoff Verlag, Künzelsau 2016, S. 28

16 • *in Filmen dargestellt wird*: Clemens J. Setz, Die Stunde zwischen Frau und Gitarre. Suhrkamp Verlag, Berlin 2015, S. 385 f.

16 • *Thomassons*: Verweilen unter schwebender Last, S. 10 f.

17 • *infolge ihrer Einsamkeit verrückt geworden*: Clemens J. Setz, Indigo. Suhrkamp Verlag, Berlin 2012, S. 180

17 • *ohne jemals erhört zu werden*: Die Stunde zwischen Frau und Gitarre, S. 49

18 • *mit einem ganzen Haus unterhalten zu können*: Ebd., S. 156

19 • *Erinnerung an frühere Zeiten*: Clemens J. Setz, Die Frequenzen. Residenz Verlag, Wien – Salzburg 2009, S. 27

20 • *Wohneinheiten*: Clemens J. Setz, Die Kapseln von Tokyo. In: Logbuch Suhrkamp

20 • *Flaschenzüge*: Die Stunde zwischen Frau und Gitarre, S. 297 f.

21 • *Zigaretten holen*: Indigo, S. 110 f.

23 • *der an allem zerrt und nagt*: Die Frequenzen, S. 215

25 • *absichtslos entstandener Kunst*: Clemens J. Setz, Die Poesie der Glitches. In: Logbuch Suhrkamp

27 • *Telefonzelle*: Indigo, S. 339

27 • *Schirmakazie*: Ebd., S. 167

32 • *geborgenen Tälern*: Clemens J. Setz, GRIMMOIRE. In: Logbuch Suhrkamp

32 • *klebte Sinnloses aneinander*: Die Stunde zwischen Frau und Gitarre, S. 173

36 • *das weitergeht durch die Generationen –*: Ebd., S. 446 f.

38 • *Projekte am Rande des Wahnsinns*: dazu: Jo Lendle/ Clemens J. Setz [Hrsg.], Unmögliches. Akzente 1/2015. Hanser Verlag, München 2015

46 • *und spärlichem Publikum*: Clemens J. Setz, Die Vogelstraußtrompete. Suhrkamp Verlag, Berlin 2014, S. 41

51 • *die sexuelle Befriedigung*: Clemens J. Setz, Die Liebe zur Zeit des Mahlstädter Kindes. Suhrkamp Verlag, Berlin 2011, S. 128

52 • *eine Zeitmaschine hättest*: Die Stunde zwischen Frau und Gitarre, S. 692

56 • *Weltkarten und abstrakten Ideen*: Die Liebe zur Zeit des Mahlstädter Kindes, S. 126

57 • *nur für eine Sekunde*: Die Stunde zwischen Frau und Gitarre, S. 437 f.

59 • *die Romane von Stephen King*: Ebd., S. 21

71 • *Mildtätigkeit und Strenge*: Ebd., S. 895

71 • *fürchterlichste aller Diktatoren*: Die Frequenzen, S. 639

76 • *einander speisender Brunnenbecken*: Die Stunde zwischen Frau und Gitarre, S. 37

77 • *Worte für die Elster auf dem Galgen*: Clemens J. Setz, Glücklich wie Blei im Getreide. Suhrkamp Verlag, Berlin 2015, S. 76

77 • *de Kooning*: Die Vogelstraußtrompete, S. 66

78 • *schummeln einen Setz in Hebels »Kalendergeschichten«*: Indigo, S. 80 f.

79 • *freieste Figur der deutschen Literatur*: Clemens J. Setz, Till Eulenspiegel. Dreißig Streiche und Narreteien. Insel Verlag, Berlin 2015, S. 148

80 • *eulenspieglerische Möglichkeiten*: Ebd., S. 148

81 • *Vergehen der Zeit*: Die Vogelstraußtrompete, S. 37

81 • *in der Zeit steckengeblieben*: Till Eulenspiegel, S. 142

82 • *Millionen Kilometer voneinander entfernt sind*: Indigo, S. 103 f.

82 • *die ablaufende Zeit*: Clemens J. Setz, Frühe und späte Spiele. 3. Bamberger Poetikvorlesung, 7. Juli 2016

89 • *durch die Welt geschwebt*: Die Stunde zwischen Frau und Gitarre, S. 389

90 • *in ihre sonderbaren Familiengebilde aufgeteilte Menschheit*: Clemens J. Setz, Nicht mehr lieferbar! In: Volltext, 26. Juli 2011

91 • *Paare teilen*: Die Stunde zwischen Frau und Gitarre, S. 276 f.

93 • *wahr, rein, ewig, unvergänglich, groß*: Ebd., S. 806

99 • *Armbanduhren waren verboten*: Die Frequenzen, S. 625 f.

100 • *das ist der Schlüssel*: Die Stunde zwischen Frau und Gitarre, S. 193

102 • *unterbricht das Universum beim Vor-sich-Gehen*: Clemens J. Setz, Wie ich Keith Jarretts Feind wurde. In: Freitext. ZEIT ONLINE, 12. Juli 2016

102 • *fairly interesting life*: Frühe und späte Spiele

104 • *hier böse*: Verweilen unter schwebender Last, S. 32

111 • *Verwerfungen im Gewebe der Wirklichkeit*: Die Poesie der Glitches

117 • *Dictionary of National Biography*: Unmögliches, S. 29ff.

117 • *Dennis Coopers Blog*: Clemens J. Setz, Abschaltung einer Welt. In: taz.de, 31. Juli 2016

120 • *Schwindelgefühl zu erzeugen*: Die Frequenzen, S. 277

122 • *oder ein Stück Kreide*: Die Liebe zur Zeit des Mahlstädter Kindes, S. 287 f.

122 • *luminous details*: Die Stunde zwischen Frau und Gitarre, S. 481 f.

126 • *beim Eislaufen*: Die Vogelstraußtrompete, S. 74

126 • *Knopfaugen zwischen den Blättern*: Die Vogelstraußtrompete, S. 82

128 • *als hätte es jemand vorprogrammiert*: Die Stunde zwischen Frau und Gitarre, S. 467

135 • *Welt am Laufen*: Ebd., S. 44

135 • *Jagdgewehre an den Wänden*: Ebd., S. 968 f.

136 • *neuer, vortrefflicher Handschuh*: Glücklich wie Blei im Getreide, S. 61

141 • *Zeitansage*: Die Frequenzen, S. 626 ff.

142 • *zu übermitteln*: Clemens J. Setz, Zeitfrauen. SuKuLTuR, Berlin 2012, S. 13 f.

148 • *niemals dem Storymodus*: Frühe und späte Spiele

150 • *Parallelweltenbewohnern*: Die Poesie der Glitches

BILDNACHWEISE

17 • Foto des Autors

22 • Elefant Batyr im Almaty-Zoo (Quelle: http://repin.info/udivitelnye-zhivotnye/govoryashchiy-slon-batyr)

26, 58, 65, 77, 94 • Foto des Autors

99 • altes Postkartenmotiv, unbekannter Künstler

109 • Montage des Autors aus: Giovanni Antonio Galli, Christus zeigt seine Wunden vor. Perth Museum & Art Gallery, Foto: Perth & Kinross Council, und zwei Vogelfotos (Quelle: http://karlshuker.blogspot.de/2014/01/portraits-of-potoo-neither-avian-alien.html?m=1)

110 • Montage des Autors aus:
Einem Vogelfoto (Quelle: http://www.factzoo.com/birds/tawny-frogmouth-not-owl-not-puppet.html) und Mattia Preti, Doubting of Saint Thomas. The Art Archive / National Museum La Valletta Malta / Gianni Dagli Orti, sowie
Michelangelo Merisi da Caravaggio, Der ungläubige Thomas. Bildergalerie Friedrichs des Großen, Park Sanssouci, Potsdam, Foto: SPSGBB

140 • Foto des Autors

144 • Neuigkeits-Welt-Blatt. ANNO Historische Zeitungen und Zeitschriften, © Österreichische Nationalbibliothek, Wien

146 • Screenshots des Autors (Quellen:http://www.plantedtank.net/forums/21-fish/162832-ich-fungus-update-possible-tetrahymena.html#post1695085,
www.plantedtank.net/forums/21-fish/162832-ich-fungus-update-possible-tetrahymena.html#post1695026,
https://www.fishlore.com/aquariumfishforum/threads/ich-or-fungus.181493/)

Weitere Nachweise über das Archiv des Suhrkamp Verlags.